U0148231

# 唐宋词审美

宋秋敏 ◎ 著

安徽师范大学出版社
ANHUI NORMAL UNIVERSITY PRESS
· 芜湖 ·

图书在版编目（CIP）数据

唐宋词审美 / 宋秋敏著. — 芜湖：安徽师范大学出版社，2022.12（2024.3重印）
ISBN 978-7-5676-5875-2

Ⅰ.①唐… Ⅱ.①宋… Ⅲ.①唐宋词—诗歌美学—研究 Ⅳ.①I207.23

中国版本图书馆 CIP 数据核字（2022）第 220738 号

# 唐宋词审美

宋秋敏 ◎ 著

责任编辑：潘　安
责任校对：吴　琼　吴山丹
装帧设计：张德宝
责任印制：桑国磊
出版发行：安徽师范大学出版社
　　　　　芜湖市北京东路 1 号安徽师范大学赭山校区　　邮政编码：241000
网　　址：http://www.ahnupress.com
发 行 部：0553-3883578　5910327　5910310（传真）
印　　刷：苏州市古得堡数码印刷有限公司
版　　次：2022 年 11 月第 1 版
印　　次：2024 年 3 月第 2 次印刷
规　　格：700 mm × 1000 mm　1/16
印　　张：12.5
字　　数：200 千字
书　　号：ISBN 978-7-5676-5875-2
定　　价：48.00 元

凡发现图书有质量问题，请与我社联系（联系电话 0553—5910315）

# 目　录

## 附　录

# 论唐宋词的"着色"艺术

　　唐宋词把色彩作为意象营构的亮点和意境构筑的关键，在前代文学作品的基础上对色彩的把握和运用不断深入。其对色彩搭配技巧的精益求精，以及对色彩表意和表情功能的进一步拓展，不但使作品呈现出感性直观的造型美，而且具有了理性深层的认知美。同时，唐宋词中色彩意象所包蕴的深广文化心理内涵，作为中华民族传统文化的重要组成部分，具有独特的文化价值和审美意义。

　　早在先秦时期，文学作品中便出现了大量形象生动的色彩描绘，例如《诗经》中"瞻彼淇奥，绿竹猗猗"（《卫风·淇奥》）、"英英白云，露彼菅茅"（《小雅·白华》）、"羔羊之皮，素丝五纰纮"（《召南·羔羊》）、"角枕粲兮，锦衾烂兮"（《唐风·葛生》）①；《楚辞》中"驾青虬兮骖白螭"（屈原《九章·涉江》）、"秋兰兮青青，绿叶兮紫茎"（《九歌·少司命》）、"乘赤豹兮从文狸，辛夷车兮结桂旗"（屈原《九歌·山鬼》）②等等。对于先秦文学作品中的色彩表现技巧，刘勰《文心雕龙·物色》评论曰："《雅》咏棠华，'或黄或白'，《骚》述秋兰，'绿叶''紫茎'，凡摛表五色，贵在时见，若青黄屡出，则繁而不珍。"③随着文学自觉意识的增强，以"辞采"和文采为美的文学审美心理得到了肯定和发扬。萧统《文选序》提出写文章要"综辑辞采""错比文华"④；钟嵘《诗品序》认为诗的至高境界是"干之以风力，润之以丹采"⑤；萧绎《金楼子·立言》则提出"至如文者，惟须绮縠纷披，宫徵靡曼，唇吻遒会，情灵摇荡"⑥。到了中晚唐，文学作品中辞采的藻丽和色彩的敷陈受到了进一步重视，赵宧光《弹雅》曾引陆游评李贺诗："如百家锦衲，五色眩耀，光夺眼目，使人不敢熟视。"⑦钱锺书也评论说："长吉穿幽入仄，惨淡经营，都在修辞设色，举凡谋篇命意，均落第二义"⑧等等。

　　从整体而言，唐宋词堪称中国韵文里的"美文"，词人对作品风容色泽的"唯美"要求更是达到了前所未有的高度。欧阳炯的《花间集序》就为五百首花间词提出了总的纲领性宣言："镂玉雕琼，拟化工而迥巧，裁花剪叶，

---

　　① 本文引用《诗经》，均出自程俊英、蒋见元注：《诗经注析》，中华书局2006年版，不再一一出注。

　　② 本文引用《楚辞》，均出自林家骊注：《楚辞》，中华书局2009年版，不再一一出注。

　　③ 刘勰撰，周振甫注：《文心雕龙注释》，人民文学出版社2002年版，第494页。

　　④ 萧统：《文选》，见陈宏天：《昭明文选译注》，文史出版社2007年版，第4页。

　　⑤ 钟嵘：《诗品》，见吕德申：《钟嵘〈诗品〉校释》，北京大学出版社1986年版，第49页。

　　⑥ 萧绎撰，许逸民校笺：《金楼子校笺》，中华书局2011年版，第966页。

　　⑦ 赵宧光：《弹雅》，见陈治国：《李贺研究资料》，北京师范大学出版社1983年版，第239页。

　　⑧ 钱锺书：《谈艺录》，中华书局1984年版，第46页。

夺春艳以争鲜"。①对于唐宋词五色斑斓、流光溢彩的色彩之美和词中千变万化的敷彩设色艺术,古代词论家也都慧眼共识。如王士禛《花草蒙拾》说:"《花间》字法,最着意设色,异纹细艳,非后人纂组所及。……山谷所谓'古蕃锦'者,其殆是耶。"②吴衡照《莲子居词话》说:"飞卿《菩萨蛮》云:'江上柳如烟,雁飞残月天。'……《酒泉子》云:'月孤明,风又起,杏花稀。'作小令不似此着色取致,便觉寡味。"③谢章铤《赌棋山庄词话》说:"设色,词家所不能废也。"④等等。当代学者也曾论及唐宋词的"着色"(亦称"设色")艺术,从整体上作宏观和理论阐述的如周云龙《试论词的设色》(《中国韵文学刊》1997年第1期),才让南杰《唐宋诗词的色彩美与中国古代的色彩审美理论》(《青海社会科学》2006年第5期),刘学文、徐胜利《浅论宋词的设色类型》(《辽宁行政学院学报》2008年第5期),左其福、谈宝丽《论花间词的色彩与情感》(《中国韵文学刊》2009年第2期)等等;选取单个词人作具体剖析的如梁海明《试论宋代辛词与苏词色彩之差异》(《江汉大学学报》1998年第4期);孙超《论秦观词中色彩的情愁意蕴》(《乐山师范学院学报》2005年第3期);王慧刚《试论〈小山词〉中的色彩艺术》(《井冈山学院学报(综合版)》2008年第1期);吴昊《晏殊词的色彩美学解读》(《华中师范大学学报》(人文社会科学版)》2011年第3期);顾伟列、吴昊《冯延巳词中的色彩美学文化》(《大连大学学报》2011年第6期)等等,其中不少见解颇有可取,笔者对其中的个别观点亦有所借鉴,在此深表感激。

　　具体而言,唐宋词的"着色"艺术主要表现在以下几个方面。

---

①　欧阳炯:《花间集序》,见金启华等编:《唐宋词集序跋汇编》,江苏教育出版社1990年版,第339页。

②　王士禛:《花草蒙拾》,见唐圭璋编:《词话丛编》,中华书局2005年版,第673页。

③　吴衡照:《莲子居词话》,见唐圭璋编:《词话丛编》,中华书局2005年版,第2401页。

④　谢章铤:《赌棋山庄词话》,见唐圭璋编:《词话丛编》,中华书局2005年版,第3421页。

# 一、唐宋词"着色"的配色技巧

"色彩的感觉是一般美感中最大众化的形式。"色彩是绘画最基本的要素，齐梁之际的画论家谢赫，提出有关绘画的六法，其中重要的一条就是"随类赋彩"。中国古代诗人历来认为诗画相通，讲究"以画法为诗法"。张舜民《画墁集·跋百之诗画》即言："诗是无形画，画是有形诗。"①苏轼评价王维亦云"味摩诘之诗，诗中有画，味摩诘之画，画中有诗"②。唐宋词作为文学作品，它虽然不能像绘画那样直接以色彩描绘客观事物，但却可以透过丰富多彩的色彩意象，运用富有色彩美的语言，通过单一或庞杂，调和或对比，工笔描画或层层润染等配色手段来引发读者对色彩的联想，达到更高层次的审美享受。

首先，唐宋词的择色和敷彩虽然在总体上呈现出华美富丽的女性特征，但不同时期各有侧重。

沈义父《乐府指迷》云："作词与诗不同，纵是花卉之类，亦需略用情意，或要入闺房之意。"③王世贞《艺苑卮言》云："词须宛转绵丽，浅至儇俏，挟春月烟花于闺幨内奏之。"④刘熙载《艺概·词曲概》论"五代小词"云："虽小却好，虽好却小，盖所谓儿女情多，风云气少也。"⑤先著《词洁》卷二亦云："词之初起，事不出于闺帷。"⑥他们都指出了词好写女性生活和男女情爱的文体特征。女性与男性相比，更擅长形象思维，她们本身对

---

① 张舜民：《画墁集》，见李之亮校：《张舜民诗集校笺》，黑龙江人民出版社1989年版，第33页。

② 苏轼：《书摩诘〈蓝田烟雨图〉》，见屠友祥校注：《东坡题跋》，上海远东出版社1987年版，第261页。

③ 沈义父：《乐府指迷》，见唐圭璋编：《词话丛编》，中华书局2005年版，第281页。

④ 王世贞：《艺苑卮言》，见唐圭璋编：《词话丛编》，中华书局2005年版，第385页。

⑤ 刘熙载：《艺概·词概》，见唐圭璋编：《词话丛编》，中华书局2005年版，第3710页。

⑥ 先著：《词洁》，见唐圭璋编：《词话丛编》，中华书局2005年版，第1347页。

色彩的敏感度较高，色彩的直观性可以引发她们丰富的联想和想象。男性词人采用"男子而作闺音"①的手法，以女性的身份、女性的环境、女性的眼光、女性的情思来着意构筑心目中理想化的女性世界，其在色彩的选择和敷陈上，必然与婉约香艳、缱绻缠绵的闺阁氛围相适应，显示出秾艳婉媚、香软绮靡的总体艺术特征。但是，在不同的历史阶段，词的敷彩设色又各有侧重，呈现出不同的时代风格和面貌。

晚唐以来，文人的审美注意力由政坛风云、疆场血火而转向酒边花前、闺阁深院，他们对女性的观察和描摹也达到了空前细致的程度。诚如李泽厚先生所说的那样："盛唐以其对事功的向往而有广阔的眼界和博大的气势；中唐是退缩和萧瑟；晚唐则以其对日常生活的兴致，而向词过渡。""时代精神已不在马上，而在闺房；不在世间，而在心境。"②

晚唐五代词人偏爱香艳、秾丽的辞藻语汇，常常有意使意象繁多密集、层现叠出，加之以雕缋满眼、五色斑斓的色彩敷染，遂给人以流光溢彩、遍体华艳之美感。例如，写女性容貌、肢体和眉眼用红酥手、红粉面、朱唇、红腮、柳腰、绿云、绿鬓、青丝、黛眉、金臂、玉容、玉指、玉腕、玉肌、玉体、皓腕、雪肌等；写妇人服饰和妆扮的如红袖、翠袖、石榴裙、绿罗裙、碧玉冠、玉搔头、翠钗、翠翘、金雀钗、金翡翠、翠凤、玉钗、金裙、额黄等；写闺房陈设和器物的则如金屋、金扉、金井、黄金阙、玉楼、红墙、朱阑、绿窗、翠幕、玉钩、鸳鸯锦、玻璃枕、水晶帘、碧瓦、红蜡、锦帐、金雀扇、翡翠盘、金樽、玉盏、金盘、玛瑙杯等。这简直就是一个用富丽的色彩堆垛出的金碧辉煌的女性世界！③

色彩靡丽而气骨纤弱的词句在晚唐五代词中也俯拾皆是。请读：

翠翘金缕双鸂鶒，水纹细起春池碧。（温庭筠《菩萨蛮》）

钿笼金锁睡鸳鸯，帘冷露华珠翠。（张泌《满宫花》）

① 田同之：《西圃词说》，见唐圭璋编：《词话丛编》，中华书局2005年版，第1449页。

② 李泽厚：《美的历程》，文物出版社1981年版，第155页。

③ 周云龙：《试论词的设色》有"藉艳语着色相"观点，《中国韵文学刊》1997年第1期。

红芳金蕊绣重台，低倾玛瑙杯。（毛文锡《月宫春》）

晚起红房醉欲消，绿鬟云散袅金翘。（毛熙震《浣溪沙》）

一炉龙麝锦帷傍，屏掩映，烛荧煌。（顾敻《甘州子》）

红日已高三丈透，金炉次第添香兽。（李煜《浣溪沙》）①

这种色浓藻密的大胆组合，突出事物的视觉特征，正与晚唐五代词中的抒情主人公大都是女性、题材又是以写冶游享乐、闺情离思有很大关系。

北宋是一个盛世，士大夫文人从容不迫地享受着升平时代的热闹繁华，词作也尽显从容闲雅、华贵雍容之态。以宋初小令词代表作家晏殊为例，据统计，在其现存的138首词作中，没有涉及色彩词的仅七首。晏词不但使用丰富的色彩意象，又且讲究敷彩设色的技巧。比如"夜雨染成天水碧，朝阳借出胭脂色。"（《渔家傲》）水面的澄碧被朝阳的胭脂色晕染，形成玄幻迷离之感；"高梧叶下秋光晚，珍丛化出黄金盏。"（《菩萨蛮》）梧桐的绿色与金葵的黄色相映成趣，渲染出浓重的秋意；"女伴相携，共绕林间路，折得樱桃插髻红。"（《玉堂春》）樱桃鲜活的红色瞬间点亮画面，怡荡的春色下少女欢快的心情也跃然纸上；"明月不谙离恨苦，斜光到晓穿朱户。"（《鹊踏枝》）朱红色的雕栏被明月的清辉冲淡，意境空灵清浚。由于跳出了晚唐五代词刻意摹写女性姿容妆饰的窠臼，将密丽秾艳的女性化语汇和意象，变而为以景融情的写法，宋初小令词显得格调优美文雅、色彩明朗疏淡，展示出北宋士人舒徐闲雅的气度。随着北宋词人对词中生活场景和空间境界的拓展，都市风光、自然山水、农村乡野逐渐进入词人的审美视野，词中色彩的选用和铺陈也更加注重自然，有天趣浑成之美。比如"万井千闾富庶，雄压十三州。触处青蛾画舸，红粉朱楼。"（柳永《瑞鹧鸪》）用青蛾、红粉、朱楼等鲜艳跳跃的色彩，展现了北宋繁华富裕的都市生活和丰富多彩的市井风情；"拆桐花烂漫，乍疏雨、洗清明。正艳杏烧林，缃桃绣野，芳

---

① 本文引用唐五代词，均出自曾昭岷等编：《全唐五代词》，中华书局1999年版，不再一一注明。

景如屏。"(柳永《木兰花慢》)选用紫桐、艳杏、缃桃等富于艳丽色彩的景物，描绘出城郊春意最浓时的如画美景；"江汉西来，高楼下、葡萄深碧。犹自带，岷峨雪浪、锦江春色。"(苏轼《满江红》)以"葡萄""雪浪""锦江""春色"等色彩感浓烈的词语，来形容"深碧"的江水和雪白的浪花，笔饱墨浓，浑然天成；"照日深红暖见鱼，连村绿暗晚藏乌，黄童白叟聚睢盱。"(苏轼《浣溪沙》)大胆将红、绿、乌、黄、白等缤纷的色彩集中使用，却并不觉得拥挤杂乱，一幅自然清新的田园风光如在眼前。

北宋词仍以应歌为主，故而无论是对词境的建构，还是对情感世界的摹写，总体上依旧呈现较为明显的女性化倾向，但由于时代背景、审美趣味、以及词体自身发展等原因，北宋词在色彩的选择和敷陈方面已基本褪尽晚唐五代词镂金铺翠、堆垛锦绣之风，显得淡雅疏朗、清新自然。

在南宋一百五十余年的词坛上，"雅词"有了很大的发展。与北宋词"生香真色"的自然美不同，南宋"雅词"崇尚审音炼字、雕章琢句的人工之美，所谓"盖词中一个生硬字用不得，须是深加锻炼，字字敲打得响。"[1]并提出"织绡泉底，去尘眼中"[2]的艺术要求，其对于人工美的追求也同样体现在着色敷彩方面。

以史达祖那首颇为后人所称道的《双双燕》为例：

过春社了，度帘幕中间，去年尘冷。差池欲住，试入旧巢相并。还相雕梁藻井。又软语、商量不定。飘然快拂花梢，翠尾分开红影。

芳径。芹泥雨润。爱贴地争飞，竞夸轻俊。红楼归晚，看足柳昏花暝。应自栖香正稳。便忘了、天涯芳信。愁损翠黛双蛾，日日画阑独凭。

以其设色敷彩而言，选用诸如"雕梁藻井""翠尾""红影""柳昏花暝""红楼""翠黛""画阑"等色彩意象细腻描摹，精美雅致却流于雕琢。

---

① 张炎：《词源》，见唐圭璋编：《词话丛编》，中华书局2005年版，第259页。

② 张镃：《梅溪词序》，见金启华等编：《唐宋词集序跋汇编》，江苏教育出版社1990年版，第238页。

王士禛《花草蒙拾》赞曰："仆每读史邦卿咏燕词，以为咏物至此，人巧极天工矣。"[①]谢章铤《赌棋山庄词话》评曰："史邦卿之《咏燕》，刘龙洲之咏指足，纵工摹绘，已落言诠。"[②]虽给予很高的评价，却也指出此词技巧上斗奇夸新，艺术上雕琢锤炼的弊病。而且，这种重文辞而轻情性，重形式而轻内容的唯美主义倾向，在南宋雅词中是普遍存在的。南宋末年，国势衰颓，士林不振，雅词着色更加清淡，不见重彩，"寒碧""冷红""白头""青灯""暗雨"等是词中最常出现的色彩意象，词人好写寒意，好言孤独，偏爱以"寒""冷""孤""清"等表现感官的语言修饰色彩词，给词蒙上了一层清幽冷寒的面纱。

其次，唐宋词注重色彩搭配的浑融和谐之美，充分利用各种色彩之间的互补或组合进行"着色"。

色彩的搭配与组合，色彩的对比与映衬，是产生视觉之层次美、和谐美的有效手段。唐宋词人似是一群善于调彩配色的高明画家，他们自由运用色调的冷暖、强弱、明暗、浓淡、艳雅，或是着力涂抹，或是不经意的点染，敷彩出一幅幅令人赏心悦目的图画。在色彩配合运用方面，主要表现为以下两种形式：

第一，对比色搭配。

唐宋词中最鲜明生动、视觉冲击效果最强烈的配色方式是对比色搭配，它是指色相环上间隔角度在一百八十度左右的色彩相互配色，如红色与绿色相配，蓝色与橙色相配，黄色与紫色相配等等。这种配色方式形成的色相反差是巨大的，由于相互鲜明地衬托，能给人以强烈的视觉冲击，这就在一定程度上增强了词作意境的感染力，从而引发欣赏者的联想和想象，迅速激发他们的美感体验。

红色与绿色，是唐宋词对比色搭配中匹配率最高的颜色，二者相互映衬、互为呼应的现象在唐宋词中比比皆是。比如柳永《西平乐》："正是和风

---

① 王士禛：《花草蒙拾》，见唐圭璋编：《词话丛编》，中华书局2005年版，第683页。
② 谢章铤：《赌棋山庄词话》，见唐圭璋编：《词话丛编》，中华书局2005年版，第3343页。

丽日，几许繁红嫩绿，雅称嬉游去。""繁红嫩绿"四个字将一片繁花似锦、花红柳绿的大好春光渲染得淋漓尽致；宋祁《玉楼春》："绿杨烟外晓寒轻，红杏枝头春意闹。""轻""闹"二字的烘托，使得红、绿色彩相映成趣，极富动感和生命的活力；蒋捷《一剪梅》："流光容易把人抛，红了樱桃，绿了芭蕉。"用樱桃由青转"红"，芭蕉叶子从嫩"绿"变深"绿"的色彩转换，生动而具体地显示出时光的飞逝。再如"深红尽、绿叶阴浓。青子枝头满。"（张先《倾杯》）是色彩的流动、变化和交替；"一曲细清脆，倚朱唇。斟绿酒，掩红巾。"（晏殊《凤衔杯》）朱唇、绿酒与歌姬手中的红巾交相辉映；"烟外好花红浅淡，寸余芳草绿葱茏。"（陈三聘《浣溪沙》）是充满生命力的红与绿的对照，用以烘托场面的喧闹和人物情感的躁动，等等。其他如红与白、红与黑、蓝与橙、黄与紫等色彩的搭配也都能起到较为强烈的反差效果，艺术效果突出而又鲜明。

第二，同色系的类似色搭配。

除了鲜明、刺激、饱满的对比色搭配之外，唐宋词中还惯于使用同一色系的类似色调相互调和，如绿与青、朱红与紫、黄与黄绿等。类似色彩的搭配，比单色丰富，调和中显示出一定的变幻跳跃，能营造出柔和优雅、平静安详的生活情调。比如"碧云天，黄叶地。秋色连波，波上寒烟翠。"（范仲淹《苏幕遮》）澄碧的云天与苍翠的秋水在色相中均属中性偏冷，一上一下两相凑泊，渲染出错落有致而又空灵清冷的秋意。满地黄叶的点缀，增添了跳跃的亮色，从而使得整个画面色彩鲜明而和谐，静中有动，绘出了一幅寂寥而浓烈的秋景。"梅花漏泄春消息。柳丝长，草芽碧。"（晏殊《滴滴金》）梅花的白白粉粉，柳丝的绿中带黄，加之以草色的青翠欲滴，彼此相互映衬，通过色差及明暗度的调整，克服邻近色带来的单调乏味，使画面活泼清新，充满春天的朝气。"正满槛、海棠开欲半。仍朵朵、红深红浅。"（王十朋《二郎神》）使用深浅不一的邻近色，烘托了海棠繁花似锦的热闹场面，使画面颇富层次感和立体感。

此外，除了对比色搭配和类似色搭配之外，一些词作还使用多种色彩杂糅的配色手段，并注意各种颜色之间的互相影响、互相渗透，"使颜色的有限性焕发出色彩效果的无限性，给人们在视觉心理上带来丰富的美感。"①

比如晏几道的《阮郎归》：

天边金掌露成霜。云随雁字长。绿杯红袖称重阳。人情似故乡。

兰佩紫，菊簪黄。殷勤理旧狂。欲将沈醉换悲凉。清歌莫断肠。

词中五色缤纷，"金、霜、红、绿、紫、黄"等多种色彩组合却并没有给人一种杂乱无章的堆砌感。"天边金掌"的金碧辉煌被白露为霜、雁字成行的闲淡笔调虚化成背景；而无论是浓墨重彩的黄菊紫兰，抑或是柔情怡荡的绿杯红袖，都被一曲令人断肠的悲凉之音所冲淡，虚实相生的色彩对比渲染出斑斓飞动的审美效果。

不仅如此，有时候词人又将色彩与其他感官综合来写，如张元干的《南歌子》："桂魄分余晕，檀香破紫心。高鬟松绾鬓云侵。又被兰膏香染、色沈沈。指印纤纤粉，钗横隐隐金。更阑云雨凤帷深。长是枕前不见、殢人寻。"脂香、粉香、檀香与耳畔的柔声细语氤氲在一片红紫相间的氛围之中，这就将欣赏者的审美感觉全面激活，使其获得包括视觉、听觉、嗅觉甚至触觉在内的感官刺激和多重享受。

## 二、唐宋词中"着色"艺术的情感表达

王国维《人间词话》说："有有我之境，有无我之境……有我之境，以我观物，故物皆著我之色彩；无我之境，以物观物，故不知何者为我，何者为物。"②色彩既是物理现象，也是生理和心理现象。一方面，色彩本身所具

---

① 郭廉夫、张继华：《色彩美学》，陕西人民美术出版社1997年版，第27页。

② 王国维：《人间词话》，见唐圭璋编：《词话丛编》，中华书局2005年版，第4239页。

有的物理特性会对人体造成不同的生理刺激，使人产生相应的心理感应及联想，作者可以根据特定的情感选择与之契合的色彩；另一方面，唐宋词人对色彩的把握和运用，又受其主观情感和个性的支配，色彩意象往往被心灵化和外物化，形象生动地映射出隐秘幽微的内在情感世界。

先来看前者。

美国学者鲁道夫·阿恩海姆曾说："色彩能够表现感情，这是一个无可辩驳的事实。"①不同颜色有其不同的情感内涵，虽然这种情感内涵常常会由于时代变迁，文化、地域或风俗习惯的差异而各不相同，但每种色彩都有它较为典型的表情特征。闻一多在一首题为《色彩》的诗中这样写道："绿给了我以发展，红给了我情热，黄教我以忠义，蓝教我以高洁，粉红赐我以希望，灰白赠我以悲哀……"②这主要建立在欣赏者过去的知识、记忆或经验的基础之上，并通过他们对具体色彩产生移情或联想来实现的。

唐宋词人充分意识到了色彩在抒情造境方面的重要作用，他们选用合适的色彩意象，寄情于彩，因色赋情。一般情况下，清新、鲜明的色彩往往被用来传递愉悦、欢乐的情感，而黯淡、清冷的色调则常被用以渲染哀愁、悲观的心理氛围。比如南唐后主李煜，其词以975年亡国被俘为界，可明显地分为前后两个时期。前期李煜身为一国之君，耽于淫逸享乐，词风格绮丽柔靡，不脱"花间"习气。这种心态投射到景物、人物上，词人常常自觉或不自觉的采用秾艳、华丽的色调。

如《浣溪沙》：

红日已高三丈透。金炉次第添香兽。红锦地衣随步皱。
佳人舞点金钗溜。酒恶时拈花蕊嗅。别殿遥闻箫鼓奏。

用高升的红日、香烟袅袅的金炉、红锦地衣、金碧辉煌的宫殿、雍容华

---

① 阿恩海姆：《艺术与视知觉》，中国社会科学出版社1984年版，第460页。
② 闻一多：《闻一多全集》，湖北人民出版社1993年版，第105-106页。

贵的佳人等浓郁鲜艳的色彩勾勒出一幅五彩斑斓的长夜欢饮图。笔调轻松活泼，气象华贵，写尽春光骀荡之状，字里行间洋溢着享乐人生的喜悦和畅快。

又如其《一斛珠》：

晓妆初过，沉檀轻注些儿个。向人微露丁香颗。一曲清歌，暂引樱桃破。

罗袖裛残殷色可，杯深旋被香醪涴。绣床斜凭娇无那。烂嚼红茸，笑向檀郎唾。

整首词作都氤氲在一片深深浅浅的红色光晕中，美人深红色的唇、淡红的舌尖、殷红的罗袖、嚼烂的红茸，无不散发出魅惑人心的力量，甜蜜热烈的氛围活跃了整个画面，给读者以强烈的感染。

尽管李煜前期词作中也有离愁别恨和寂寞愁绪的抒写，然而总体来说情调是妩媚的，色调是温暖明快的。后期，由于生活的巨变，李煜词变成了一首首泣尽以血的绝唱，风格由原来的柔靡华贵变而为深沉悲凉，在色彩的运用上，则更多采用契合自己凄凉心情的晦暗色调。

如《虞美人》：

风回小院庭芜绿，柳眼春相续。凭阑半日独无言，依旧竹声新月似当年。

笙歌未散尊前在，池面冰初解。烛明香暗画堂深，满鬓青霜残雪思难任。

这首词是怀旧之作，以荒芜的庭院、萧索的池面、昏暗的画堂、满头华发等清冷暗淡的色调，烘托作者国破家亡、年老体衰的痛苦和悲伤。

有时候，作者为渲染某种特别的情绪或氛围，同一种色彩会在同一首词中反复出现，如温庭筠的《菩萨蛮》（小山重叠），"小山重叠金明灭""双双金鹧鸪"，用金色渲染富贵气象；皇甫松的《摘得新》，"锦筵红蜡烛""繁红一夜经风雨"，红色两次出现，虽浓墨重彩，却难掩花落春残的颓势；韦庄的《应天长》，"绿槐阴里黄莺语""夜夜绿窗风雨"，两次使用绿色，使作品充满幽怨悲伤的气息，等等。由于选用的色彩与生活中的原型很近，客体物象的色彩与主体感情色彩融和交织，这样往往很容易引起读者的共鸣，给人以鲜明、深刻的审美感受。

再来看后者。

德国著名艺术史家格罗塞在《艺术的起源》一书中说："色彩最能引起人们奇特的想象，它最能拨动感情的琴弦……同一色彩常显露不同的情感，不同的色彩也会浸染相同的意绪。"①唐宋词人将个人的生活经历、身世之感以及主观心理情感作为审美的出发点和立足点，由此，则色彩意象已不仅仅局限于简单的描摹与外观呈现，而是逐渐趋向于表现主观情绪及幽微的内心情感世界。大多数唐宋词在色彩的运用上，受到人物的主观意识所左右，带有强烈的自我意识，呈现出较为明显的心灵化特征。

田同之《西圃词说》云："（词）其写景也，忽发离别之悲；咏物也，全寓弃捐之恨。"②普遍的、浓郁的悲情色彩，不仅是大多数唐宋词既定的感情基调，也成为其有别于其他文体的一个重要的审美特征。因此，以乐景写愁情也就成了唐宋词，尤其是"婉约派"词中最为常见的表达技巧。③比如，被清代才子冯煦称为"古之伤心人"④的晏几道，他就特长于用浓墨重彩的繁华和美好，衬托自己内心深处无法排遣的绝望和凄凉。近人夏敬观评曰："叔原以贵人暮子，落拓一生，华屋山邱，身亲经历，哀丝豪竹，寓其

---

① 格罗塞：《艺术的起源》，商务印书馆1984年版，第165页。

② 田同之：《西圃词说》，见唐圭璋编：《词话丛编》，中华书局2005年版，第1449页。

③ 孙超：《论秦观词中色彩的情愁意蕴》曾提出秦观词"以乐景写哀愁"观点，《乐山师范学院学报》2005年第3期，第22页。

④ 冯煦：《蒿庵论词》，见唐圭璋编：《词话丛编》，中华书局2005年版，第3587页。

微痛纤悲。"①（《评〈小山词〉跋尾》）所云极为允当。请读其《鹧鸪天》：

> 彩袖殷勤捧玉钟，当年拼却醉颜红。舞低杨柳楼心月，歌尽桃花扇底风。
> 从别后，忆相逢。几回魂梦与君同。今宵剩把银釭照，犹恐相逢是梦中。

上阕追忆当年初见情景，"彩袖""玉钟""醉颜红""杨柳楼""桃花扇"等色彩意象极欢极妍，给人以繁华满眼、花团锦簇之感。然而，曾经相识相知的回忆越美好，离别后的苦难越深重。下阕从别后的相思，一转又为今宵之重逢，但重逢的喜悦中却多了一份沉重，因为，再度分别的痛苦已然潜伏于其中了。

又如韦庄《菩萨蛮》其一：

> 红楼别夜堪惆怅。香灯半卷流苏帐。残月出门时，美人和泪辞。
> 琵琶金翠羽。弦上黄莺语。劝我早归家，绿窗人似花。

整首词色彩斑斓，"红楼""流苏帐""琵琶""金翠羽""黄莺""绿窗"等意象给人眼花缭乱的繁杂感，但繁华热闹只是表面的，尾句"劝我早归家，绿窗人似花"一下子将诸多光鲜亮丽的色彩虚化，变得清冷黯淡，惆怅和无奈的离思瞬间占据了整个画面，深刻而鲜明。再如毛文锡《更漏子》的上阕："春夜阑，春恨切，花外子规啼月。人不见，梦难凭，红纱一点灯。"陈廷焯《云韶集》卷一说"'红纱一点灯'，真妙。我读之不知何故，只觉瞠目呆望，不觉失声一哭。我知普天下世人读之，亦无不瞠目呆望失声一哭也。"又云："'红纱一点灯'，五字五点血"②暮色沉沉的色调中，注入一抹鲜艳的血红，但却并不能给人温暖，反觉寒彻心扉，含而不露地传递出无

---

① 夏敬观：《映庵词评》，见《词学》编辑委员会：《词学》第5辑，华东师范大学出版社1986年版，第201页。

② 陈廷焯：《云韶集》，稿本，今藏南京图书馆。

言的凄怨和哀愁。

很多情况下，为了较直观地传达情绪，唐宋词人还常把色彩意象与"残""惨""冷""寒""愁""怨""恨""落""乱""飞"等含有感情意绪的词语联系起来，如"自春来、惨绿愁红，芳心是事可可"（柳永《定风波》），窗外明媚的春光因情人的远行而黯然失色，寂寞萧索；"春欲暮，满地落花红带雨"（韦庄《归国遥》）、"海棠零落，莺语残红"（欧阳炯《凤楼春》）、"残杏枝头花几许。啼红正恨清明雨"（晏几道《蝶恋花》）、"乱红飘砌。滴尽胭脂泪"（韩琦《点绛唇》）、"尽憔悴、过了清明候，愁红惨绿"（杨无咎《阳春》），通过美好事物的残缺和逝去来烘托一种愁苦的氛围；"林花谢了春红。太匆匆。无奈朝来寒雨晚来风"（李煜《相见欢》）、"春去也，飞红万点愁如海"（秦观《千秋岁》），慨叹人生的凄风冷雨和悲苦况味，色彩意象被深深烙上了作者的情感印记。

清王夫之《姜斋诗话》说："以乐景写哀，以哀景写乐，一倍增其哀乐。"[1]除了以乐景写哀愁之外，唐宋词中也不乏以"哀景写乐"的作品。

比如黄庭坚的《鹧鸪天》：

黄菊枝头生晓寒。人生莫放酒杯干。风前横笛斜吹雨，醉里簪花倒著冠。

身健在，且加餐。舞裙歌板尽清欢。黄花白发相牵挽，付与时人冷眼看。

"黄花白发"本是凄清愁苦的色彩意象，作者却寄之以达观和老而弥坚的内涵，使得整首作品精力弥满之外又且具有了超旷清爽的底色。其他如"谁道人生无再少？门前流水尚能西！休将白发唱黄鸡"（苏轼《浣溪沙》）、"平生塞北江南。归来华发苍颜。布被秋宵梦觉，眼前万里江山"

---

① 王夫之：《姜斋诗话》，郭绍虞编：《四溟诗话·姜斋诗话》，人民文学出版社1961年版，第140页。

（辛弃疾《清平乐》）、"莫等闲、白了少年头，空悲切"（岳飞《满江红》），等等，都有异曲同工之妙。此类以"哀景写乐"的作品多出现于"豪放"派作家手中，由于胸襟气度、人生阅历、心理气质等原因，他们往往能突破色彩意象原有内涵的制约，轻松自如地成为感情世界和心灵世界的主宰。

总之，唐宋词人不但在描绘客观世界时不吝使用色彩，在塑造人物形象、刻画人物性格方面善于调配色彩，更擅长将色彩意象心灵化，借五色斑斓的意象展示独特的个体情感和性情。因此，每位词人在色彩的调配和选择方面都会因偏好不同而有所差异，但同时，他们在某些特定色彩的使用和内涵上，又表现出约定俗成的高度一致性和趋同性。

# 三、唐宋词"着色"艺术的文化心理内涵

"色彩的审美心理不是孤立的，它必然受到一个国家、一个民族哲学思想、伦理道德的影响，受到整个审美意识的制约。"[1]色彩的文化心理内涵非常深广，历来一脉相承，源远流长。下文就选取两种最有代表性的色彩意象加以阐释。

先以红色为例。

红色是三原色和心理原色之一，由于在可见光谱中光波最长，所以穿透力强，最为醒目，对视觉的影响力也最大。红色使人感到兴奋、积极、活泼、热烈、爽快、充实、饱满，是幸福、吉祥、生命、健康、活力、欢乐的象征。[2]自古以来，中华民族就偏爱红色，唐宋词人因袭了这一传统色彩谱系，"红""朱""粉"等一系列红色系意象在词中不但使用频率最高，而且往往代表某种象征，承担某种特殊含义。

---

① 郭廉夫、张继华：《色彩美学》，陕西人民美术出版社1997年版，第27页。

② 李莉婷：《色彩构成》，安徽美术出版社2007年版，第37页。

在唐宋词中，除了少量作品使用红色意象的本义之外，大部分词作都用其约定俗成的象征义。这主要表现在以下几个方面。

第一，红色代指年轻女性及其相关的事物。

最典型的是代指年轻女性本身，如"红妆""红颜""朱颜""红粉""红袖"等等。例如："骑马倚斜桥，满楼红袖招"（韦庄《菩萨蛮》）、"况有红妆，楚腰越艳，一笑千金可啻"（柳永《长寿乐》）、"青春才子有新词，红粉佳人重劝酒"（欧阳修《玉楼春》）、"坐中谁唱解愁辞，红妆劝金盏"（晁补之《好事近》）、"除非腰佩黄金印，座中拥、红粉娇容"（辛弃疾《金菊对芙蓉》），等等，以红色的明媚、积极、鲜艳、热烈，象征着青春女子的娇艳和美丽。也有用红色意象代指与年轻女性相关事物的，如女子的眼泪被称为"红泪""粉泪"："坐看落花空叹息，罗袂湿斑红泪滴"（韦庄《木兰花》）、"况与佳人分凤侣，盈盈粉泪难收"（张先《临江仙》）、"泪痕红悒鲛绡透"（陆游《钗头凤》）、"别酒更添红粉泪。促成愁醉"（贺铸《玉连环》）、"离愁。知几许，花梢著雨，红泪难收"（李石《满庭芳》）。温暖的红色与女子的眼泪联系在一起，使人产生凄凉无奈的酸楚之感。又如女子的住处被称之为"红楼"，"红楼别夜堪惆怅"（韦庄《菩萨蛮》）；女子所用的信笺称"红笺"，"绮席凝尘，香闺掩雾，红笺小字凭谁附"（晏殊《踏莎行》）；化妆所用的胭脂被称为"朱粉"，"朱粉不深匀，闲花淡淡春"（张先《醉垂鞭》）；美人的肤色称之为"红玉"，"彩线轻缠红玉臂，小符斜挂绿云鬟"（苏轼《浣溪沙》），等等。红色意象与年轻女性紧密相连，既象征着她们的青春和美丽，也暗含"红颜易老"、一切美好的事物都难以长久、极易受到摧残之意。

第二，红色象征着热闹、喜庆、富贵、权力和成功。比如，贵门豪族被称为"朱门""朱户""朱阑"："明月不谙离恨苦，斜光到晓穿朱户"（晏殊《蝶恋花》）、"清风皓月，朱阑画阁，双鸳池沼"（蔡伸《西地锦》）、"绿径朱阑，暖烟晴日春来早"（朱敦儒《点绛唇》）、"翠楼朱户，是处重帘竞卷"（杨无咎《倾杯》），等等；又比如，京城及附近的道路叫"紫陌"，繁华热闹之地叫"红尘":"红尘紫陌,斜阳暮草长安道"(柳永《引驾行》)、"垂杨紫陌洛城东,总是当时携手处,游遍芳丛"(欧阳修《浪淘沙》)、"狂情错向红尘住,忘了瑶台路"(晏几道《御街行》),等等。红色、紫色意象所象征的热闹繁华与尘土纷纷扰扰的特点,用来表现充满富贵温柔、事业功名、爱恨情仇的熙熙攘攘的人世,显得极为精准和形象。

第三,由于红色鲜艳、亮丽,唐宋词人常喜欢用红色来代指花,诸如娇红、艳红、红英、春红、轻红、飞红、乱红、碎红、湿红、愁红、泣红、衰红、冷红、落红等一系列指代花的红色意象先色夺人,俯拾皆是。如"嫩紫轻红,间斗异芳"(万俟咏《钿带长中腔》)、"绮罗金殿,醉赏浓春,贵紫娇红"(曹勋《诉衷情》),用红色代指盛开于枝头之花;"愁四望。残红片片随波浪"(晏殊《渔家傲》)、"深院帘垂雨,愁人处、碎红千片"(晁端礼《水龙吟》),此处红色又指香消玉殒的落花;"怨绿啼红,总道春归去"(曾协《点绛唇》)、"断肠几点愁红,啼痕犹在,多应怨、夜来风雨"(辛弃疾《祝英台令》)、"帘外冷红成阵,银钉挑尽睡未肯,肠断秦郎归信"(李吕《前调》),以带有不同情感色彩的词语修饰花意象,用花的浓淡、深浅、明暗,以及给人的不同感受表现复杂的情感和思绪。

再以绿色为例。

在中国古典诗词中,绿色意象包括绿、翠、青、碧等,多与山水、草木相关,用以表现自然界的蓬勃生机和活力。比如,青山绿水是唐宋词中最常见的意象之一,请读"杏花红处青山缺,山畔行人山下歇"(欧阳修《玉楼春》)、"徐徐往,青山绿水皆堪赏"(吕胜己《渔家傲》)、"不用移舟酌酒,自有青山绿水,掩映似潇湘"(尹洙《水调歌头》),体现出词人对大自然的独特审美感受,喜爱和向往之情不言而喻。又比如,唐宋词人还善于借形形色色的绿色意象来描写春草、杨柳、绿荫、翠竹等植物,展现自然美景。请读:"细雨湿流光,芳草年年与恨长"(冯延巳《南乡子》),这里的绿色不但有广度和浓度,而且笼罩着一层水雾,仿佛是可以流动的。经过春雨滋润的芳草鲜翠欲滴、绵绵不绝,正如人物心中绵邈无尽的春愁春恨;

"天气有时阴淡淡,绿杨轻软"(杜安世《安公子》),写出了绿色的质量和触感,将绿杨的形貌姿态表现得自然、贴切而又传神。

因绿色给人以生机蓬勃之感,所以也被引申为青春韶光,用以代指女子的青春容颜以及与此相关的事物。比如"绿窗"指闺阁,"劝我早归家,绿窗人似花"(韦庄《菩萨蛮》)、"有时携手闲坐,偎倚绿窗前"(柳永《促拍满路花》)、"绿窗梳洗晚,笑把玻璃盏"(范成大《菩萨蛮》),等等;又比如"翠袖""绿袖""绿罗裙"代指女子本身或指她们的服饰,"记得绿罗裙,处处怜芳草"(牛希济《生查子》)、"翠袖娇鬟舞石州,两行红粉一时羞"(欧阳修《浣溪沙》),等等;还如用"绿云""绿鬓""青丝"代指青春女子黑润而稠密的头发,"绿云堆枕乱髻鬈"(欧阳修《燕归梁》)、"红颜绿鬓催人老,世事何时了"(杜安世《虞美人》)、"浅浅笑时双靥媚,盈盈立处绿云偏"(向子谭《浣溪沙》),等等。

此外,与其他古典诗词一样,青绿色在唐宋词中也象征着落魄的身世和低微的地位:"故人惊怪,憔悴老青衫"(苏轼《满庭芳》)、"三年流落巴山道,破尽青衫尘满帽"(陆游《木兰花》)、"绿袍同冷暖,谁道交情短"(舒亶《菩萨蛮》),等等。

英国形式主义美学家克莱夫·贝尔在其《艺术》一书中指出:"色彩只有变成形式之时才有意义。"①唐宋词把色彩作为意象营构的亮点和意境构筑的关键,在前代文学作品的基础上对色彩的把握和运用不断深入,可谓是将色彩以较完美形式呈现的典范。其对色彩搭配艺术的精益求精,以及对色彩表意功能的进一步拓展,不但使作品呈现出感性直观的造型美,又且具有了理性深层的识度美。此外,唐宋词色彩意象的深广文化心理内涵,在一定程度上承载了中华民族传统的文化心理和审美规范,作为中华民族文化传统的重要组成部分,具有独特的文化价值和审美意义。

(原载于《中山大学学报(社会科学版)》2015年第2期)

---

① 克莱夫·贝尔:《艺术》,中国文联出版公司1984年版,161页。

# 论唐宋词中"无声"境界的审美意蕴

　　唐宋词人善于通过构筑"无声"境界，传递欲诉无言的情怀，营造意蕴深广的审美空间。一方面，唐宋词中的"无声"境界可以造成含蓄蕴藉的艺术效果，使得作品思想内容有无限延展和多种解读的可能；另一方面，唐宋词中的"无声"境界有意或无意地召唤读者对省略或含混的部分内容进行填充和确定，激发和诱导读者的想象和联想，在一定程度上蕴藏着"空白之美"的审美潜能和艺术张力。

导演史蒂文·斯皮尔伯格说:"好的观影感受百分之五十来自画面,另外的百分之五十则来自声音。"对于大多数艺术形式而言,声音是不可或缺的重要因素,它与画面在不同时空交错融合,力图最大限度地传递作品所蕴含的信息,增强其艺术表现力。

唐宋词作为宋代的"一代之文学",却在很多时候摒弃了声音这个让读者获取信息和感知事物的重要渠道,词人常常通过对"物语""景语"和"情语"的静态描摹,将难以把握、难以言传的心绪转化为"无声"的审美形象,并将其引入读者的思维和联想空间,从而揭示人物内心世界和潜隐情绪,完成对作品的再加工和再创作。

# 一、唐宋词中的"有声"境界和"无声"境界

在 21203 首《全宋词》①中,呈现出"有声"和"无声"两种境界。

唐宋词中的"有声"境界丰富多样,大致可分为"天籁"和"人声"两大类。"天籁"包括大自然中的各种声音。

有雷声、雨声:"柳外轻雷池上雨,雨声滴碎荷声。"(欧阳修《临江仙》)"一枕秋风两处凉,雨声初歇漏声长。"(张元干《浣溪沙》)

有风声:"飒飒风声来一饷,愁四望,残红片片随波浪。"(晏殊《渔家傲》)"对风声策策,浪涛滚滚,又是新秋。"(李曾伯《八声甘州》)

有潮声:"宫中旦暮听潮声,台殿竹风清。"(潘阆《酒泉子》)"但动地、潮声如鼓,竹阁楼台青青草。"(刘辰翁《金缕曲》)

有鸟声:"游仙梦杳,啼鸟声中春又晓。"(陈三聘《减字木兰花》)"听莺声,惜莺声,客里鸟声最有情。"(徐霖《长相思》)

有蛩鸣:"秋渐老、蛩声正苦。夜将阑、灯花旋落。"(柳永《尾犯》)"西风半夜惊罗扇。蛩声入梦传幽怨。"(黄升《重叠金》)

---

① 唐圭璋:《全宋词》,中华书局 1999 年版。

有猿啼鹤唳:"夜深时、猿啼鹤唳,露寒烟重。"(葛长庚《贺新郎》)"春际鹭翻蝶舞,秋际猿啼鹤唳,物我共悠悠。"(吴潜《水调歌头》)

有蛙噪:"蛙声闹,骤雨鸣池沼。"(周邦彦《隔浦莲》)"稻花香里说丰年,听取蛙声一片。"(辛弃疾《西江月》)

有蝉嘶:"荷花遮水水漫溪,柳低垂,乱蝉嘶。"(王安中《江神子》)"一行归鹭拖秋色,几树鸣蝉饯夕阳。"(黄升《鹧鸪天》)

有鸡叫:"独宿禅房清梦断,鸡声唤起晨钟。"(邓肃《临江仙》)"鸡声茅店炊残月,板桥人迹霜如雪。"(赵蕃《菩萨蛮》)

自然界中种类繁多的声音与人类活动合而为一,呈现出一种万物自得、物我欣然相处的和谐之境。

唐宋词中也不乏对人类各种活动声音的摹写,姑且称之为"人声"。由曲子词花间樽前的演出环境和娱宾遣兴的娱乐功能所决定,与各类歌舞场面相关的音乐声和歌舞声成为词中最常出现的声音。如:

"梳妆早,琵琶闲抱。爱品相思调,声声似把芳心告。"(柳永《隔帘听》)"谁转琵琶弹侧调,征尘万里伤怀抱。"(朱敦儒《渔家傲》)——琵琶声;

"红牙拍碎,绛蜡烧残,月淡天高。"(晁端礼《诉衷情》)"牙板脆,玉音齐,落霞天外雁行低。"(赵彦端《鹧鸪天》)——伴奏用的牙板声;

"月明谁起笛中哀。多情王谢女,相逐过江来。"(苏轼《临江仙》)"手把此枝多少怨,小楼横笛吹肠断。"(舒亶《蝶恋花》)——笛音;

"凤箫依旧月中闻。荆王魂梦,应认岭头云。"(柳永《临江仙》)"洞户深沈,起来闲绕回廊转。凤箫声远,小院杨花满。"(晁端礼《点绛唇》)——箫声;

"小令尊前见玉箫,银灯一曲太妖娆。"(晏几道《鹧鸪天》)"天真雅丽,容态温柔心性慧。响亮歌喉,遏住行云翠不收。"(苏轼《减字木兰花》)"红牙初展,象板如云遮娇面。曲按宫商。声遏行云绕画梁。"(王观《减字木兰花》)——歌声。

此外，还有笑声，如"是处丽质盈盈。巧笑嬉嬉，手簇秋千架。"（柳永《抛球乐》）"笑渐不闻声渐消，多情却被无情恼。"（苏轼《蝶恋花》）

有喧闹声，如"风柔夜暖。花影乱，笑声喧。"（康与之《瑞鹤仙》）"灯火熙熙来稚老，喜逢灯夕都齐到。花市绮楼随处好，人竞道，今年天气常年少。"（王之道《渔家傲》）

有读书声，如"东西塾，听书声。长短卷，和诗成。"（刘辰翁《满江红》）"一片香来松桂下，长听得、读书声。"（张炎《南楼令》）

有吟啸声："赏心乐事醉良宵。赢取开怀吟啸。"（曹冠《西江月》）"更长啸、余声振林溪，见乱红惊飞，半岩花雨。"（赵子发《洞仙歌》）

有些词作还直接引用人物语言或者以对话的方式来完成，如辛弃疾的《沁园春》（杯汝来前），就用主人与酒杯对话的形式写了自己对于戒酒的矛盾心态，又如南宋刘过的《沁园春》（斗酒彘肩），将白居易、林逋、苏轼三位不同时代的人物与作者本人置于同一时空，通过四人之间的对话刻画人物形象。

虽然唐宋词中的"有声"境界多姿多彩，但很多时候，词人却更乐于摹写林林种种的"无声"境界，用丰富的想象和独特的审美感悟赋予词作深刻的审美意蕴，此时无声胜有声地展现唐宋词"别是一家"的美学风范。

唐宋词中的"无声"境界，常常以"无语"状态、静态或动态等方式来构筑。

先来看"无语"状态。"无语"是唐宋词中最常见的营造"无声"境界的手段。"在唐宋词中有多个语辞可以表达'无语'的内涵，如：无言、不言、不语、无声、欲语、忘言、难寄等，形成了一个'无语'修辞的审美家族。"据统计，在《全宋词》中，表现"无语"意蕴的词作近1200首。①

宋代词人善于通过描摹抒情主体或词中各类客观意象的"无语"状态，传递欲诉无言的情怀，营造意蕴深广的审美空间。

王世贞《艺苑卮言》云："词须宛转绵丽，浅至儇俏，挟春月烟花于闺

---

① 郭守运：《宋词"无语"修辞的审美考察》，《文学评论》，2012年第1期。

幨内奏之。"由于词体好写闺帏生活和男女情爱,以闺中佳人为抒情主体的闺怨词比比皆是,而春愁秋怨、相思恨别等情绪也就成了"无语"境界最常传达的情感内涵。如"柳外画楼独上,凭阑手捻花枝。放花无语对斜晖,此恨谁知。"(秦观《画堂春》)"花落月明庭院,悄无言,魂消肠断。"(陆游《水龙吟》)"日上花梢初睡起,绣衣闲纵金针,错将黄晕压檀心。见人羞不语,偷把泪珠匀。"(李吕《临江仙》)"欲语又休无限思,暂来还去不胜鞶,梦随胡蝶过东邻。"(向子諲《浣溪沙》)等等。萦绕于词中的,大抵是一抹浅浅的情思,一缕淡淡的愁绪,女主人公隐秘幽微、迷离曲折的心绪通过"无语"状态款款传递,虽题材大抵仍拘泥于传统的"闺怨",但其情感内蕴却因"无语"的不确指而被无限延展,词体"要眇宜修"的特质于此也展露无遗。

唐宋词中不乏文人自感身世之作,当抒情主体由代言的女性转为文人自身,"无语"状态的能指更加丰富,蕴藏了士大夫文人阶层诸如人生感慨、政治失意、国恨家仇等百感交集的复杂况味。例如"昨夜霜风,先入梧桐。浑无处、回避衰容。问公何事,不语书空。但一回醉一回病,一回慵。"(苏轼《行香子》)借用东晋殷浩的典故,虽则无声,时光荏苒而功业无成的悲凉和无奈却力透纸背。又如"拟借寒潭垂钓,又恐鸥鸟相猜,不肯傍青纶。刺棹穿芦荻,无语看波澜。"(苏舜钦《水调歌头》)形象地刻画出一位历经宦海浮沉的达者形象,词人平静如水的外表与波涛汹涌的内心世界相互印衬,一种极致的、深沉的愁绪扑面而来,无可躲避。

宋代词人还惯于借客观物象的"无语"状态,用拟人手法烘托抒情主体复杂多味的情思意绪。例如,"花不语,水空流,年年拚得为花愁。"(晏几道《鹧鸪天》)"芳草有情,夕阳无语,雁横南浦,人倚西楼。"(张耒《风流子》)"燕子不飞莺不语,满庭芳草空无数。"(周紫芝《蝶恋花》)"问墙隅屋角,多少青红,春不语,行处随人近远。"(李弥逊《洞仙歌》)"问何年,此山来此,西风落日无语。"(辛弃疾《生查子》)"世事悠悠浑未了,年光冉冉今如许。试举头、一笑问青天,天无语。"(吴潜《满江红》)

等等。诸如"花""鸟""天""夕阳""春"等客观物象的"无语"状态，实质上承载了抒情主体或哀怨忧伤、或喜悦欢乐、或慷慨悲凉等纷繁复杂的意绪，这种"王顾左右而言他"的表达技巧在一定程度上避免了抒情的片面化和单一化，延伸了审美想象的时间和空间维度，展示了立体的、多层次的美感。

再来看唐宋词中静态或动态的"无声"境界。

静态场面的描摹在宋代闺怨词中非常普遍，词人通过对闺阁环境以及女性神态妆容的细致摹写和刻画，无声地传递了思妇缠绵悱恻的柔情和悲情，似一幅幅精描细刻的工笔仕女图，华美艳丽却哀婉惆怅。

请读晏殊的《踏莎行》：

小径红稀，芳郊绿遍，高台树色阴阴见。春风不解禁杨花，濛濛乱扑行人面。

翠叶藏莺，珠帘隔燕，炉香静逐游丝转。一场愁梦酒醒时，斜阳却照深深院。

这是一首描绘暮春景色，慨叹时序流逝的小词。上片写室外，满径落花、绵绵芳草、阴阴树色和纷乱的杨花，共同构成一幅芳郊暮春图。与室外的纷繁热闹不同，下片中室内的景象显得幽暗而静谧。层层珠帘隔断了窗外盎然的生机，唯有袅袅的炉烟与游丝轻轻飘转，看似写动态，实则将室内烘托得更加寂静。抒情主人公娇慵醉卧，静观时光流转，永日无聊的情思和愁绪弥满于整个画面。

再比如秦观的《浣溪沙》：

漠漠轻寒上小楼，晓阴无赖似穷秋，淡烟流水画屏幽。

自在飞花轻似梦，无边丝雨细如愁，宝帘闲挂小银钩。

无边丝雨、自在飞花、晓阴轻寒，以及画屏上幽暗的淡烟流水图，烘托出迷离淡远的境界。在整首词中，人物形象并未着意凸显，她只是安静地、慵懒无聊地与其它景物融为一体，将淡淡的哀愁和浅浅的寂寞投射于所见所感，惝恍抑郁之情与清幽闲淡的画境融而为一，构成了幽约凄婉、轻灵杳渺的艺术境界。

宋代词人也善于通过人物的表情、动作、体态等"语言"来摹写动态的"无声"境界。"表情语言"往往以微笑、愤怒、紧张等面部表情直接传递情感，而"动作语言"则通过身体的各种动作或站姿、坐姿等体态变化表达丰富的思想情感内涵。

请读李清照的《蝶恋花》：

暖雨晴风初破冻，柳眼梅腮，已觉春心动。酒意诗情谁与共？泪融残粉花钿重。

乍试夹衫金缕缝，山枕斜欹，枕损钗头凤。独抱浓愁无好梦，夜阑犹剪灯花弄。

词作刻画了一位被离愁折磨得坐卧不安、如醉如痴的思妇形象。天晴日暖，到处一派生机盎然，女主人公却足不出户，终日以泪洗面。她斜倚山枕，愁绪满怀，任凭凤钗枕损；她想去梦中寻求慰藉，却始终无法入梦，直至夜阑人静之时，仍剪弄灯花，以排遣愁怀。流泪、欹枕而卧、剪弄灯花等一系列表情语言和动作语言，无声地将良辰美景之下，抒情主体因离怀别苦而无处避愁的情绪展现得淋漓尽致，较之"有声"境界，显得更为含蓄蕴藉、意蕴深厚。

事实上，此类虚化和淡化情节，通过典型形象的动作和表情等"无声"语言来表现抽象情绪、传递丰富情感内容的作品在唐宋词中极为常见。词中所营造的"无声"境界，一方面体现了宋代文人偏好韵味，耽于清幽情趣的审美取向，另一方面，也在一定程度上强化了唐宋词含蓄蕴藉的美学特质，迎合了欣赏者的审美期待。

## 二、唐宋词中"无声"境界的审美意蕴

论及"言"与"意"的关系，中国古代文论有"言不尽意"和"得意忘言"之说，这也为唐宋词营造情境相生的"无声"境界提供了相应的理论基础和依据。唐宋词中的"无声"境界体现了中国古代诗学"意在言外"的总体诗性特质，其美学内涵主要表现在如下几个方面。

首先，唐宋词中的"无声"境界可以造成含蓄蕴藉的艺术效果，使得作品思想内容有无限延展和多种解读的可能。

中国古典诗词推崇"不涉理路，不落言筌"（严羽《沧浪诗话·诗辨》）的表达方式，作品表述中故意缺失或模糊，语言之外给人以无限遐想的空间。唐宋词中的"无声"境界，以其诗意化的语言、含蓄蕴藉的意境以及朦胧多义的情思，拓展了想象空间，给读者以尽情阐释的自由。试比较以下二词。

其一，晏殊《鹊踏枝》：

槛菊愁烟兰泣露。罗幕轻寒，燕子双飞去。明月不谙离恨苦。斜光到晓穿朱户。

昨夜西风凋碧树。独上高楼，望尽天涯路。欲寄彩笺兼尺素。山长水阔知何处。

其二，柳永《定风波》：

自春来、惨绿愁红，芳心是事可可。日上花梢，莺穿柳带，犹压香衾卧。暖酥消，腻云亸，终日厌厌倦梳裹。无那。恨薄情一去，音书无个。

早知恁么。悔当初，不把雕鞍锁。向鸡窗，只与蛮笺象管，拘束教吟课。镇相随，莫抛躲，针线闲拈伴伊坐。和我，免使年少光阴虚过。

关于这两首词，还有一则著名的本事。据张舜民《画墁录》载：

柳三变既以词忤仁庙，吏部不放改官。三变不能堪，诣政府。晏公曰："贤俊作曲子么？"三变曰："只如相公，亦作曲子。"公曰："殊虽作曲子，不曾道彩线慵拈伴伊坐。"柳遂退。

凭心而论，两首词表现同为相思恨别的闺怨主题，但格调却判然有别。晏殊的《鹊踏枝》似一部短小精致的默片，无声记录了闺中妇人由暮及晓，从深夜无眠到登楼远眺的一系列行为。整个画面虽寂寂无声，却传递着纤巧缠绵的愁绪，抒发了深厚绵长的离思，蕴含着摇曳不尽的情致和诗意化的柔美情调。读者可以发挥想象，结合个人生活经验和情感经历进行再创作，来补充和拓展作品的内在意蕴，使得作品有多重解读的可能，从而获得更高的审美享受。而被晏殊指责的柳永《定风波》一词，则通过思妇之口，把思妇的闺怨离思絮絮道来，写得发露放肆、备足无余，缺乏想象空间和回味的余地。这种率露直白的抒情方式和抒情风格，与传统文化崇尚的典雅含蓄的风格背道而驰，自然遭致正统士大夫文人的反感，柳永因创作此类俗词而遭受统治集团的排挤和打压也就情有可原了。

值得一提的是，唐宋词人善于在"无声"境界中运用象征和暗示等手法来间接传情，其提供的意象世界是开放的，"无声"空间隐藏着诸多潜台词，在不经意中创造出寓意无穷的境界。比如，他们常借用"鹧鸪""蝴蝶""鸳鸯"等成双成对的意象来暗示情人的双宿双飞。

请读温庭筠的《菩萨蛮》：

小山重叠金明灭，鬓云欲度香腮雪。懒起画蛾眉，弄妆梳洗迟。

照花前后镜，花面交相映。新帖绣罗襦，双双金鹧鸪。

通篇静默无声地记录了一幕幕闺中人晨起梳妆的画面。懒起迟妆，眉山深蹙者何？词人宕开不谈，只细细描摹美人的眉妆、额黄、云鬓、雪腮，至"双双金鹧鸪"始将女主人公孤栖独宿的愁绪不经意地牵出，与篇首回互呼应，引人遐思无限。再比如，词中又常用"狂风""暴雨""严霜"等象征摧残美好事物和爱情的恶势力，如"无端一夜狂风雨，暗落繁枝。蝶怨莺悲。满眼春愁说向谁。"（晏殊《采桑子》）"雨横风狂三月暮，门掩黄昏，无计留春住。"（欧阳修《蝶恋花》）等等。这类象征和暗示手法在"无声"境界中的使用，不仅增加了作品意境的内涵与深度，使其更加典雅含蓄，而且平添了"风流蕴藉"的无穷韵致，使读者能够更加自由地去领悟其中隐含的情感和思绪。

其次，唐宋词中的"无声"境界人为地造成听觉上的静默、停顿或省略，有意或无意地召唤读者对省略或含混的部分内容进行填充和确定，激发和诱导读者的想象和联想，在一定程度上蕴藏着"空白之美"的审美潜能和艺术张力。

清末民初的词论家况周颐论及读词体验，说："人静帘垂，灯昏香直，窗外芙蓉残叶飒飒作秋声，与砌虫相和答。据梧冥坐，湛怀息机，每一念起，辄设理想排遣之。乃至万缘俱寂，吾心忽莹然开朗如满月，肌骨清凉，不知斯是何世也。斯时若有无端哀怨怅触于万不得已；继而察之，一切境象全失，唯有小窗虚幌、笔床砚匣，一一在吾目前。此词境也。"①吴世昌先生说，读词须有想象。由于宋代文人偏好意蕴、耽于情趣的审美取向，他们常在词中运用诸如延迟、停顿、失语等表现手法构筑"无声"境界。与"有声"境界相比较，唐宋词中的"无声"境界更具含蓄性和跳跃性，寄寓着人物丰富、复杂的心理活动内容，它甚至比人物把内心隐秘合盘托出具有更大的艺术效果，由此给读者留下的发挥想象和填充空白的空间也更大。比如温

---

① 况周颐:《蕙风词话》,唐圭璋编:《词话丛编》,中华书局2005年版,第2201页。

庭筠的《望江南》："梳洗罢,独倚望江楼。过尽千帆皆不是,斜晖脉脉水悠悠。肠断白蘋洲。"全词似一幅疏淡的写意画,仅寥寥几笔便勾勒出女主角从清晨到日暮"独倚望江楼"的"剪影",词中情节、语言描写和内心独白一一虚化,而"肠断白蘋洲"数字则写尽她从希望到失望再到绝望的复杂心绪。"无声"境界留下大片想象余地,让读者进一步去猜度,悬想个中情事,虽无一字言"怨","闺怨"之情却力透纸背。

同时,"无语"境界在语言表达上的有意缺省,在一定程度上又造成了一种审美心理距离,通过诗化了的语言留白,呈现出独特的距离美、模糊美和朦胧美。请读以下词句:"年年依旧无情绪,镇长冷落银屏。不语闲寻往事,微风频动帘旌。"(杜安世《河满子》)"欲语含羞,敛容微笑,心事如何说。"(张纲《念奴娇》)"花色撩人红入眼。可是东君,要得人肠断。欲诉深情春不管。风枝雨叶空撩乱。"(吕渭老《蝶恋花》)"鸟飞人未起。月露清如洗。无语听残更。愁从两鬓生。"(李弥逊《菩萨蛮》)"尊前未语眉先皱。只把横波斜溜。此意问春知否。蝶困蜂儿瘦。"(杨炎正《桃源忆故人》)"些子风情未减,眉头眼尾,万千事、欲说还休。"(冯伟寿《春风袅娜》)等等。词作者把惆怅、娇羞、爱慕、思念、感伤、无奈等多重情感,在即将奔泻于笔端之时轻轻宕开,以延迟、失语、停顿等方式隐去不谈,而读者却在种种突然遗失或缺省的语言表达中获得了更大的想象空间;创作者与欣赏者的距离被有意拉开,却由此增添了更加耐人寻味的审美体验。

再次,"无声"境界可以突出典型人物形象,让人物回归内心,更加专注于内心世界的体验和情感活动的微妙变化。

关于诗词在情感表达方面的差异,王国维《人间词话》删稿中有一段颇为著名的论述。他说:

词之为体,要眇宜修,能言诗之所不能言,而不能尽言诗之所能言。诗之境阔,词之言长。

对此，缪钺先生也说：

人有情思，发诸楮墨，是为文章。然情思之精者，其深曲要眇，文章之格调词句不足以尽达之也，于是有诗焉……诗之所言，故人生情思之精者矣，然精之中复有更细美幽约者焉，诗体又不足以达，或勉强达之，而不能曲尽其妙，于是不得不别创新体，词遂肇兴。

若夫词人，率皆灵心善感，酒边花下，一往情深，其感触于中者，往往凄迷怅惘，哀乐交融，于是借此要眇宜修之体，发其幽约难言之思。[①]

由此可见，与运用多种手法来广泛地抒情言志的诗文相比较，词体在抒情写意方面题材狭窄，笔意独专，对于情感的摹写也越掘越深，愈写愈细。故而，词中抒发的虽然大多是普泛化的情感，却独具"要眇宜修""细美幽约"之类幽婉深细的特征。

词人通过构筑"无声"境界来传情达意，一方面，有助于凸显画面内容，通过静音或沉默来营造一种强烈的视听对比效果，在一定程度上丰富了视觉表现力。而人物动荡迷离、惝恍难言的心绪通过无声的画面款款传递，较之于其他抒情方式而言，也更加幽微深细、悱恻缠绵。

如温庭筠的《菩萨蛮》：

水精帘里颇黎枕，暖香惹梦鸳鸯锦。江上柳如烟，雁飞残月天。
藕丝秋色浅，人胜参差剪。双鬓隔香红，玉钗头上风。

詹安泰先生在《宋词散论》中曾这样剖析此词：

一开始就写帘，接着写枕头，写绣被，写江上早晨的景物，写女人的服饰和形状，自始至终，都是人物形象、家常设备和客观景物的描绘，五光十

---

① 缪钺：《诗词散论》，上海古籍出版社1982年版，第26、56页。

色，层见叠出，使人目迷神夺……简直是一幅完整而又鲜艳的异常动人的画面。[①]

精致华丽的物语与优美典雅的景语织综成了令人目迷神夺的"无声"境界，词中略去男女欢会及离别的场面，只着意摹写思妇无声迷离的梦境和梦醒后百无聊赖的晨起梳妆，将个体微妙复杂的抽象情感，经由景物转化成具体可感的形象，以景诱情，情寓景中，虽则无声，但对于人物内心隐秘细微的感情却表现得更加纯粹和深细。

总而言之，这些由"无语""欲语""无言"或停顿等手段有意构筑的"无声"境界，一方面创造出典型的诗意氛围，形成令人回味无穷的"空白"之美；另一方面又简约含蓄、欲说还休地表露出人物复杂的内心情感，意在言外，境界全出。朱光潜先生曾指出："西诗以直率胜，中诗以委婉胜。"[②]"无声"境界所造成的含蓄灵动、虚而不空的审美意蕴，也在一定程度上契合中华民族在抒情方式上追求温柔敦厚，在表达方式上崇尚含蓄典雅的文化心理，进一步拓展了中国古代韵文更为深层的美学内涵。

（原载于《宁夏师范学院学报》2015年第2期

---

① 詹安泰：《宋词散论》，广东人民出版社1982年版，第141页。
② 朱光潜：《美学文学论文集》，湖南人民出版社1980年版，第97页。

# 论唐宋词中的"戏剧冲突"

　　唐宋词中的戏剧冲突主要表现为人与人之间，人物内心各种观念、愿望和情感之间，以及人与环境之间的冲突。词体短小精悍的特点要求作品使用诸如构设典型情境、跳跃式快进、悬念突转等手段构设"戏剧冲突"，并设法把冲突尖锐化，从而使整首作品充满较为强烈的戏剧效果。词与戏剧之间破体出位、互相借鉴的实例不仅揭示了唐宋词在发展的过程中博采众长的事实，也为我们转换视角，对唐宋词进行多角度的研究提供了可能。

"戏剧性,就像一个魔力无边的精灵,它不仅使戏剧作品具有摄人心魄之力,而且也能使非戏剧的叙事作品更加吸引人。"①非戏剧的叙事作品与戏剧性的关系,确实是一个饶有意味的问题。从一般意义上而言,唐宋词虽然以抒情独唱的形式为主,很多时候却也借鉴了戏剧的表现形式和艺术手法,比如,在词中设置戏剧性的场景,选取戏剧化的素材,通过戏剧化手段来表现人物思想、刻画人物形象,等等。在唐宋词的许多名篇佳作中,不但具备了诸多戏剧性元素,某些词作中还出现了较为显著的"戏剧冲突"。

"戏剧冲突"是戏剧最基本的特征和要素之一。美国戏剧理论家布罗盖特尔说:"一个剧本要激起并保持观众的兴趣,造成悬念的氛围,就要依赖'冲突'。""戏剧冲突"是指展现在剧中的、由多方面因素对抗斗争而造成的、能够推动剧情发展的矛盾冲突。它是戏剧的灵魂,是多方矛盾在戏剧中集中而概括的反映,也是戏剧情节发展的动力。唐宋词作为抒情文学,其所表现的"戏剧冲突"虽远不如戏曲、小说等传统叙事文学来得激烈集中、扣人心弦,却也独辟蹊径,呈现出融合抒情与叙事双重表现手法的别样的美学风范。

# 一、唐宋词中的"戏剧冲突"

法国文艺理论家狄德罗在《论戏剧体诗》一文中说:"戏剧情境要强有力,要使情境和人物性格发生冲突,让人物的利益互相冲突,不要让任何人物企图达到他的意图而不与其他人物的意图发生冲突,让剧中所有人物都同时关心一件事,但每个人各有他的利害打算。"戏剧冲突来源于生活,但往往比生活中的矛盾冲突更加集中和尖锐、也更有概括力。它一般表现为人与人之间,人物内心各种观念、愿望和情感之间,以及人与环境之间的冲突。

---

① 董健、马俊山:《戏剧艺术十五讲》,北京大学出版社2004年版,第70页。

### (一)唐宋词中人与人之间的戏剧冲突

人具有社会属性，不同人物由于社会地位、出身背景、生活环境、性格特点等差异，以及在特定场合抱持不同的观点、立场、动机等原因，对相同的事情会采取不同的态度和措施，因人与人之间的意志对抗而造成的戏剧冲突由此展开。

唐宋词中人物之间戏剧冲突的展开分为"无声"和"有声"两种。

一种是没有对话只有场景的描写。

如苏轼的《蝶恋花》：

花褪残红青杏小。燕子飞时，绿水人家绕。枝上柳绵吹又少。天涯何处无芳草。

墙里秋千墙外道。墙外行人，墙里佳人笑。笑渐不闻声渐悄。多情却被无情恼。

富于冲突的戏剧性场景发生在下片，淡荡的春光下，围墙里的佳人正在荡秋千，发出清脆悦耳的笑声。墙外行人被笑声吸引，驻足聆听，遐思无限。渐渐地，墙里的笑声听不见了，佳人已杳然离去；徒留墙外多情的行人烦恼顿生、惘然若失。词中人物没有任何交集和对话，然而一墙之隔，却展示出两个截然不同的情感世界：墙内佳人的欢乐与墙外行人的惆怅，佳人的天真烂漫与行人的多愁多思，佳人的"无情"和行人的"自作多情"，佳人的"无心"和行人的"有意"，等等。种种看似简单实则错综复杂的矛盾冲突不但使词作"奇情四溢"（黄蓼园《蓼园词选》），又且造成了强烈的戏剧效果。

再如李清照的《点绛唇》：

蹴罢秋千，起来慵整纤纤手。露浓花瘦，薄汗轻衣透。

见客入来，袜刬金钗溜。和羞走，倚门回首，却把青梅嗅。

词中的场面描写颇多戏剧冲突的因子。天真烂漫的少女在满园春色中兴致盎然，玩兴颇酣。正想歇息片刻，却忽见有陌生人闯入，由此，少女与访客之间立刻形成了互为攻守的对立态势；猝不及防之下，少女逃走，闯入者占据了主动；但少女却心有不甘，对来人充满了好奇，"和羞走，倚门回首，却把青梅嗅"，以守为攻的行为背后，一个情窦初开、活泼聪慧的少女形象跃然纸上。整个场面没有任何对话，攻守双方却你来我往，互动频繁，造成了看似矛盾不断实则轻松和谐的喜剧效果。

第二种情况是通过对话表现人物之间的矛盾冲突，与其他作品相比，其戏剧性特征最为显著，人物之间的矛盾冲突也最为激烈集中。此类作品在早期民间词中比较常见。

如敦煌曲子词《定风波》二首：

攻书学剑能几何？争如沙塞骋偻罗！手执绿沉枪似铁，明月，龙泉三尺斩新磨。

堪羡昔时军伍，谩夸儒士德能多。四塞忽闻狼烟起，问儒士，谁人敢去定风波？

征战偻罗未足多，儒士偻罗转更加。三策张良非恶弱，谋略，汉兴楚灭本由他。

项羽翘据无路，酒后难消一曲歌。霸王虞姬皆自刎，当本，便知儒士定风波。

这两首词是武士与文人之间自我标榜、互相揭短的对唱：前首写武士夸耀驰骋沙场的剽悍和勇武，贬抑文人攻书学剑却百无一用；后首则写儒生反唇相讥，以张良和项羽为例，嘲讽武士有勇无谋的悲惨结局。在文武二士好强斗胜、互不相让的唇枪舌剑中，戏剧冲突紧张而激烈，逐渐达到高潮。

再如《南歌子》二首：

斜倚朱帘立，情事共谁亲？分明面上指痕新。罗带同心谁绾？甚人踏破裙？

蝉鬓因何乱？金钗为甚分？红妆垂泪忆何君？分明殿前实说，莫沉吟！

自从君去后，无心恋别人。梦中面上指痕心。罗带同心自绾，被猁儿，踏破裙。

蝉鬓朱帘乱，金钗旧股分。红妆垂泪哭郎君。信是南山松柏，无心恋别人。

在问答式的对唱中，一方是远归的丈夫怀疑妻子不贞，充满敌意地质疑；另一方则是妻子小心翼翼地释疑，颇有一触即发之势。丈夫因疑生妒，由妒转怒，继而怒不可遏，声色俱厉地抛出一连串让人无暇喘息的责问；面对丈夫咄咄逼人的气势，妻子委曲求全、信誓旦旦地据实以对，直至一场剑拔弩张、火药味十足的误会涣然冰释。激烈的戏剧冲突，以及冲突的最终消释，使这首词跌宕起伏、摇曳生姿，具有既矛盾又和谐，从对立中求统一的戏剧趣味。

又比如辛弃疾的《沁园春》：

杯汝来前，老子今朝，点检形骸。甚长年抱渴，咽如焦釜；于今喜睡，气似奔雷。汝说刘伶，古今达者，醉后何妨？死便埋。浑如此，叹汝于知己，真少恩哉！

更凭歌舞为媒，算合作人间鸩毒猜。况怨无大小，生于所爱；物无美恶，过则为灾。与汝成言，勿留亟退，吾力犹能肆汝杯。杯再拜，道"麾之即去，招则须来"。

用主人与酒杯对话的形式写了自己对于戒酒的矛盾心态。作者用拟人手法成功塑造了"酒杯"这样一个机智幽默的喜剧形象：它洞悉主人心理，知进退、能应对；表面上唯唯诺诺，骨子里底气十足；对主人的万般责难避重就轻，回答机智幽默。而主人的形象则急躁易怒，表面上虽气势凌人，实则却外强中干。一主一仆（酒杯）的形象相映成趣，全词如一幕冲突不断的轻喜剧，令人解颐。

如前所述，与传统叙事文学相比，唐宋词因篇幅限制，其戏剧情节相对简单，人物关系也并不复杂，以一至两个人物形象为主。但也有特殊情况，比如南宋刘过的《沁园春》（斗酒彘肩），词中就将白居易、林逋、苏轼三位不同时代的人物与作者本人置于同一时空，通过描写四人共游杭州湖山胜景的言谈举止，构设了一幕热闹非凡的戏剧场面，人物之间接二连三的戏剧性冲突由此展开。当然，唐宋词中像这样同时刻画多个人物形象的作品还是很少见的。

### （二）唐宋词中人物内心的戏剧冲突

剧中人物自身的心理矛盾和性格冲突也是构成戏剧冲突的重要因素。如果说外部环境为戏剧冲突的产生创造了客观条件，那么人物性格和人物心理，就是造成戏剧冲突的主观动力或内在原因，它往往使人物陷于迷惘、困惑、痛苦、纠结等不易摆脱的境地，在深刻显示人物内在复杂性的同时，引发重重戏剧性冲突。

人生难免有荣辱是非、进退行藏、失意得志的际遇，由此，则各种各样的烦恼随之而来，人物内心的矛盾冲突也始终不断。特定的情境、事件、人物性格等各种因素组合在一起，催生出持续激烈却终而无解的戏剧冲突。

请读冯延巳的《鹊踏枝》：

谁道闲情抛弃久？每到春来，惆怅还依旧。日日花前常病酒，不辞镜里朱颜瘦。

　　河畔青芜堤上柳，为问新愁，何事年年有？独立小桥风满袖，平林新月人归后。

　　开篇"谁道闲情抛弃久"七字，把种种难以取舍的情感表现得盘旋郁结、百转千回，矛盾冲突大有一触即发之势。继之以"每到春来，惆怅还依旧"，春天的特定场景，激发了人物"惆怅"的情绪，而且这种情绪是挥之不去、历久弥新的。下片依旧写愁。从其反复挣扎努力想抛弃，到"为问新愁，何事年年有"，主人公心里各种难以开解的惆怅哀愁，被"独立小桥风满袖，平林新月人归后"这样诗意化的戏剧性场面定格渲染，不仅形象鲜明地表现出人物内心常存永驻、终难开解的戏剧性冲突，而且充满了独自负荷的孤寂之感和人生普遍的悲剧性体验。

　　又比如爱情是人类永恒的主题，但"爱情是人类心理生活的最精细、最脆弱的产品"。[1]由于种种原因，美好的爱情却往往遥不可及，于是，以风花雪月、男欢女爱为主要内容的唐宋词，就充满了对痴男怨女内心情感纠葛的摹写，其中的一些作品，不但具有较为明显的戏剧化倾向，又且表现为耐人寻味的戏剧冲突。

　　如张先的《一丛花令》：

　　伤高怀远几时穷，无物似情浓。离愁正引千丝乱，更东陌，飞絮蒙蒙。嘶骑渐遥，征尘不断，何处认郎踪。

　　双鸳池沼水溶溶，南北小桡通。梯横画阁黄昏后，又还是，斜月帘栊。沉恨细思，不如桃杏，犹解嫁东风。

　　全词略去了过往的许多情事，又概括了过往的许多情事，写闺中人春日登楼引起的相思与离恨。"伤高怀远几时穷"，首句起得突兀有力，感慨深

―――――――――
　　[1] 基里尔·瓦西列夫:《情爱论》,上海三联书店1986年版,第25页。

沉。在经历了无数次伤高怀远的离别之苦以后，盘郁于胸的炽热情感奔泻而出，发出"无物似情浓"的叹语。离愁似海，窗外纷飞的柳絮也变成了女主人公烦乱不宁心绪的外化，往日送别的一幕还历历在目，人却已渐行渐远，恍如隔世。"双鸳池沼水溶溶，南北小桡通"暗含对往昔欢爱生活的联想，而如今，却只有凄清的斜月相伴，往日的温馨甜蜜与别后的凄苦愁怨在胸中回环往复、奔涌不息，人物内心的矛盾冲突达到了顶点，作出"沉恨细思，不如桃杏，犹解嫁东风"这样颇具戏剧性突转的决绝语。至此，人物内心种种情感纷繁错杂、复杂微妙，大起大落而又矛盾重重，给读者留下深刻难忘的印象。

### （三）唐宋词中人物与环境之间的戏剧冲突

在现实生活中，人与环境的对立和冲突是切实存在的，这也成为构成戏剧冲突的重要因素。这种冲突主要是由于人物的思想、性格、情感、意志等不被其生存和生活的环境所容而造成的。人与环境的矛盾越尖锐，戏剧冲突就越激烈，越难以化解。

王国维在《人间词话》中把艺术境界分为"有我之境"与"无我之境"两种，并进一步解释说："有我之境，以我观物，故物皆著我之色彩。无我之境，以物观物，故不知何者为我，何者为物。"有我乃关注小我，无我乃超越小我，关注群体。在中国古典诗词中，环境描写和设置往往受到人物的主观意志所左右，是为了烘托人物情感，故而以"有我之境"为多。但当人物与环境格格不入，环境作为人物的对立面出现时，戏剧冲突就由此产生了。

如柳永的《雨霖铃》：

寒蝉凄切，对长亭晚，骤雨初歇。都门帐饮无绪，留恋处兰舟催发。执手相看泪眼，竟无语凝噎。念去去千里烟波，暮霭沉沉楚天阔。

多情自古伤离别，更那堪冷落清秋节。今宵酒醒何处？杨柳岸晓风残月。此去经年，应是良辰好景虚设。便纵有千种风情，更与何人说。

开篇后按顺序进行场景布置，交代时间、地点、景物、事件，细节描述可谓淋漓尽致，备足无余。欲饮无绪，欲留不得，就在两情缱绻，难舍难分之际，客舟却不断催离，至此，人与环境的矛盾冲突一触即发；接下来，词人笔锋一转，"执手相看泪眼，竟无语凝噎"的浓情蜜意与别后山长水阔、相见无期的客观环境又形成一对不可解的矛盾；离愁别恨已经让有情人难以承受，而酒醒梦回后那清冷凄迷的夜色更是雪上加霜，人与环境依然处于对立的状态；最后设想别后场面，良辰美景中，人物茕茕孑立、形影相吊，与环境仍是极不和谐。全词层层渲染，极尽往复、顿挫、吞吐之能事，人物与环境始终矛盾重重、难以调和，造成了"余恨无穷，余味不尽"（唐圭璋《唐宋词简释》）的艺术效果。

又如李清照的《永遇乐·元宵》：

落日熔金，暮云合璧，人在何处？染柳烟浓，吹梅笛怨，春意知几许？元宵佳节，融和天气，次第岂无风雨？来相召，香车宝马，谢他酒朋诗侣。

中州盛日，闺门多暇，记得偏重三五。铺翠冠儿，捻金雪柳，簇带争济楚。如今憔悴，风鬟雾鬓，怕见夜间出去。不如向，帘儿底下，听人笑语。

这是李清照晚年避难江南时的作品，整首词通过今昔对比，以乐景写悲凉，处处表达出了人物与环境的不谐和，以及与周遭人群的不同流。词的上片在着意描写元宵佳节、天气融和的景象之后，却发出与这种良辰美景格格不入的喟然长叹，主人公不但拒绝了朋友的好意邀约，还令人扫兴地提出"次第岂无风雨"的疑问；下片通过"盛日"与"如今"两种迥然不同心境的对比，从侧面反映了作者相隔霄壤的生活境遇：国破家亡的惨痛经历，使她无法面对现实的良辰盛会，帘外的世界繁华热闹，但热闹是他们的，作者早已将自己与那个世界隔绝了。至此，人与环境的矛盾冲突达到了极致，而且，这种深刻的矛盾是永远也无法调和的。

一般情况下，人物往往受制于生活环境和社会环境，无力反抗者屈从于环境，奋起反抗者或以失败告终，或形成人与环境之间胶着对峙的局面。但是，由于作者的性格、学识、胸襟气度、社会经验、人生阅历等各个不同，也有人能变被动为主动，突破环境的制约，"逆袭"成功，成为环境的主宰。

如辛弃疾的《清平乐》：

绕床饥鼠，蝙蝠翻灯舞。屋上松风吹急雨，破纸窗间自语。
平生塞北江南，归来华发苍颜。布被秋宵梦觉，眼前万里江山。

寥寥数笔，勾勒出一幅萧瑟破败的风情画，画中人是一位华发苍颜的失意老人。衰朽凄清的环境使人心思萧索、灰颓绝望，而一句"眼前万里江山"似振臂一喝，令人压抑窒息的氛围顿时烟消云散，一片云朗风清的世界呈现于眼前，一位穷且弥坚，不堕青云之志的英雄形象也跃然纸上。又如苏轼作于黄州的《定风波》（莫听穿林打叶声），其词前小序云："三月七日沙湖道中遇雨。雨具先去，同行皆狼狈，余独不觉。已而遂晴，故作此。"春寒料峭、凄风冷雨的自然环境使同行者狼狈不堪，却丝毫不能打扰主人公的雅兴。"何妨"和"谁怕"二词更增加了人物与环境对抗的挑战色彩。词人竹杖芒鞋，徐行而又吟啸，悠然自得，其笑对人生风雨、履险如夷的自我形象深刻而鲜明。

此类作品多出现于"豪放"派作家手中，这种人物通过对人生世路"入乎其内"而达到的"出乎其外"的过程，实际上是人与环境之间的矛盾不断激化升华，最终达到的一种圆通和超脱的境界。

# 二、唐宋词中"戏剧冲突"的构设手段

唐宋词中构建"戏剧冲突"的艺术技巧很多，许多作品都精心安排构成戏剧冲突的条件，并设法把冲突尖锐化，从而使整首作品充满较为强烈的戏剧效果。这主要表现在以下几个方面。

首先，唐宋词注重戏剧冲突中情境的构设，通过设置典型情境为冲突的展开提供契机和条件。

其一，唐宋词中的戏剧性情境具有集中性的特点。

戏剧是受到时间和空间严格限制的舞台表演艺术，因此，作者必须从现实生活中各种散漫无序的生活场景中选取最典型、最有代表性的情境，为"戏剧冲突"提供一个酝酿、发酵以至于爆发的场所。

叶维廉说，一首抒情诗，往往是把包孕着丰富内容的一瞬时间抓住——这瞬间含孕着、暗示着在这瞬间之前许多线索发展的事件，和由这一瞬间可能发展出去的许多新线。[1]唐宋词中选取的戏剧性情境虽然往往只是"一瞬间"，却蕴含着包括时间、地点、人物，以及事件来龙去脉等在内的丰富内容。

比如李煜的《菩萨蛮》：

花明月暗笼轻雾，今宵好向郎边去。刬袜步香阶，手提金缕鞋。
画堂南畔见，一向偎人颤。奴为出来难，教君恣意怜。

故事发生在一个花月朦胧的夜晚，经过多少次朝朝暮暮的等待煎熬，女主人公终于有机会跟情郎见面。见面的一刹那，她颤抖地依偎在他怀里，满心羞怯却又满怀欢喜，密期幽约的特定情境最终促使了戏剧性冲突的爆发。

---

① 叶维廉:《中国诗学》,上海三联书店1992年版,第155页。

"出来难"三字，含孕着女子期盼良宵的兴奋焦急，以及相见前的紧张和提心吊胆，还有社会压力、礼教束缚、人事阻隔等千难万难；"教君恣意怜"区区数字，则包蕴了女主人公曲款相迎的柔情似水，以及她追求真挚爱情生活的决绝和一往无前，而幽会之前的两情相悦，幽会以后的再次漫长等待，于此也尽在不言中。

其二，唐宋词中往往使用"无声"或"停顿"的表现手法构筑戏剧性情境，引发矛盾冲突。

戏剧理论家谭霈生先生说："在许多优秀剧作中的'停顿'，是富有戏剧性的；正是因为在这个静止不动的瞬间，寄寓着人物丰富、复杂的心理活动内容，它甚至比让人物用冗长的台词把内心隐秘合盘托出，具有更大的艺术效果。"[①]由于文人阶层偏好意蕴、乐于情趣的审美取向，唐宋词中运用"静止动作"构筑富于戏剧性情境的现象非常普遍，甚至"形成了一个'无语'修辞的审美家族"。据统计，在21203首《全宋词》中，出现"无语""无言""不语""不言"这四者的词共有569首，以其他话语形式呈现"无语"修辞审美意蕴的词作近1200首。[②]无声的情境和人物动作背后蕴涵的是人物丰富的心理内容，因此更能引发读者的审美联想，从而使得戏剧冲突更加集中和深刻。如温庭筠的《望江南》："梳洗罢，独倚望江楼。过尽千帆皆不是，斜晖脉脉水悠悠。肠断白蘋洲。"一句"过尽千帆皆不是"，便形象地写出了女主角"独倚望江楼"这样一个从清晨到日暮的持续性的"静止动作"，人物无声的"剪影"蕴含着她从希望到失望再到绝望的复杂心绪，故而胜过千言万语，虽无一字言"怨"，"闺怨"之情却力透纸背。

其次，与传统叙事文学相比较，唐宋词很少呈现连续完整的戏剧情节，词短小的篇幅决定了其情节只能表现一个时间过程或一定的空间转换，包蕴其中的"戏剧冲突"也由此而具有了"跳跃式"和"片段化"的特征。

如张泌的《浣溪沙》：

---

① 谭霈生：《论戏剧性》，北京大学出版社1984年版，第172页。
② 郭守运：《宋词"无语"修辞的审美考察》，《文学评论》2012年第1期。

晚逐香车入凤城，东风斜揭绣帘轻。慢回娇眼笑盈盈。

消息未通何计是，便须佯醉且随行。依稀闻道"太狂生"！

这首词以第三者的叙事视角记叙了一对青年男女途中偶遇的轻喜剧，被鲁迅先生戏称为"唐朝的盯梢"。少男从郊外尾随心仪女子的香车入城，终于在一阵东风的帮助下看到绣帘后少女一双盈盈笑眼，受到鼓励的少年继续穷追不舍，隐约听到车内传来一句"太狂生！"的嗔骂，故事戛然而止。小词开篇便入情节，到闻骂声收束，情节简单，结构紧凑。偶遇故事背后所隐含的更为复杂的故事情节，比如男女主公由此发展的相识、相知、相恋，以及这个爱情故事的最终结局，都被略去不谈，追逐者锲而不舍的热情与被追逐者似嗔非嗔、半推半就的暧昧，构成了一场处于可解与不可解之间的矛盾冲突，令人遐想不尽。

再次，为了加强词中情节片断戏剧冲突的效果，唐宋词人还使用一些戏剧技巧，如悬念、突转等。

词属于韵文，对篇幅、字句的限制颇为严格。因此，词的情节安排只能遵循以小见大、以短取胜的规则。在这种"螺蛳壳里做道场"的技术要求下，适当设置悬念无疑是加强戏剧冲突效果的重要手段。

如周邦彦的《少年游》：

并刀如水，吴盐胜雪，纤手破新橙。锦幄初温，兽香不断，相对坐调笙。

低声问：向谁行宿？城上已三更。马滑霜浓，不如休去，只是少人行。

此词写一对情人秋夜相会的场面。上片创造了一个温馨旖旎的环境，二人相对而坐，柔情无限，为下文的难舍难分做足铺垫。下片略去中间的许多情事，直接由入夜跳跃至三更。"低声问：向谁行宿？"一句问得突然，打破了二人世界依恋无限的浓情蜜意，戏剧冲突在"去"与"留"的悬念设置中突兀而现。然而，作者并不急于释悬，只借问者之口说夜深、路难、行人少，"后阕绝不作了语，只以'低声问'三字贯彻到底，蕴藉袅娜。无限情景，都自纤手破橙人口中说出，更不别作一语。"①全词戛然停顿于女子期待的神情上，悬念似无可解，而挽留者的缠绵依偎之情与欲行者的犹豫，于此都尽在不言中。

突转也是引发和强化戏剧冲突常用的技巧。突转是"行动的发展从一个方向转向相反方向"。亚里士多德说："悲剧中两个最能打动人心的成分是属于情节的部分，即突转和发现。"②

如唐代无名氏的《醉公子》：

> 门外猧儿吠，知是萧郎至。划袜下香阶，冤家今夜醉。
> 扶得入罗帏，不肯脱罗衣。醉则从他醉，还胜独睡时。

陈模《怀古录》载韩子苍语曰："只是转折多耳。且如喜其至，是一转也。而苦其今夜醉，又是一转。入罗帏是一转矣，而不肯脱罗衣，又是一转。后二句自家开释，只是一转。"③词中男性表现极差，多日不归，归来却酩酊大醉。好容易扶入罗帏，竟已醉得不省人事，罗衣也不肯脱下。至此，女主人公心中积怨已深，长久以来的委屈怨恨似呼之欲出。然而，结尾却急转直下，女子自我宽解、委曲求全："醉则从他醉，还胜独睡时。"在宽容忍耐之中，隐含着深刻的落寞和无奈，留给读者的仍是悲剧性的体验。

钟振振先生在赏析敦煌曲子词《定风波》（攻书学剑能几何）（征战偻啰未足多）和《南歌子》（斜隐朱帘立）（自从君去后）时指出："当曲子词

---

① 王又华：《古今词论》引毛稚黄语，影印文渊阁四库全书本。
② 亚里士多德：《诗学》，上海商务印书馆1996年版，第64页。
③ 王兆鹏主编：《唐宋词汇评》，浙江教育出版社2004年版，第582页。

兴起并盛行于民间之时，原本有着多种多样的表演形式，可以向着各各不同的方向发展。如若不是由于文人们使她基本定型为一种新的抒情独唱歌曲的话，像上述这两组略具代言体表演性质的对唱词，满可以随着情节的进一步繁衍和角色的渐次增多，较快地过渡到以曲子词为音乐唱腔的戏剧，那么，中国戏剧史上最早成熟的品种就数不到元杂剧，而应该是'宋杂剧'甚至'唐杂剧'了。"①事实上，不惟早期民间词如此，宋代也不乏各种具有表演性质的叙事体词的存在，如赵令畤咏《会真记》故事的《商调蝶恋花》，董颖咏西施故事的《薄媚》，曾布《水调歌头》七首咏冯燕故事，秦观《调笑令》十首分咏十位古代女性的爱情故事等。值得一提的是，在宋代某些词作中，还可知词人与戏剧及戏剧演员的密切关系。比如，南宋著名词人张炎有《蝶恋花·题末色褚仲良写真》，乃题赠戏剧演员褚仲良之作。他又作《满江红》（傅粉何郎），其题目为"赠韫玉传奇惟吴中子弟为第一"。关于"韫玉"，有"宋代南戏名"和"张炎所喜爱的男旦演员"等多种说法②，然而无论采用哪种观点，皆可见词人对当时戏剧和戏剧演员的熟识和关注。

表面上看来，词和戏剧是两种不同的艺术形式。词是一种合乐可歌，句式参差错落的诗体，以抒情为主；而戏剧则是融文学、音乐、舞蹈、绘画、表演等为一体的综合性艺术，以叙事为主，一般要有戏剧冲突和戏剧性的场景。但在不断发展的过程中，诗、词、文、戏等不同的艺术形式往往又都破体出位，互相借鉴和渗透。

一方面，在宋代，作为音乐文学和表演伎艺的曲子词曾是城市勾栏瓦舍大众文艺的主角，它与戏曲艺术之间有着难以割断的"血缘"关系。因此，论及词曲关系，王世贞《艺苑卮言》云："曲者词之变，自金元入主中国，所用胡乐，嘈杂凄紧缓急之间，词不能按，乃更为新声以媚之。"任二北说："常人看曲，以为是金元人之创格，为先代所未有；而不知其作用虽因文衍声，因声致容，粲然大备，为词所不及，若论其体制，则宫调、牌名、联套

---

① 《唐宋词鉴赏辞典》，上海辞书出版社1987年版，第184页。
② 程宇昂、张炎灯：《〈满江红〉中戏曲史料新论》，《艺术百家》2007年第2期。

数、演故事等等，固无一不远因于词，无一不具雏形于词，无一不从词中转变增衍而出也。"①他们就都揭示了词与曲在声律、音乐、体制等方面一脉相承的密切关系。

同时，从文学角度而言，作为中国戏剧重要美学特征之一的戏剧的诗意性，很大程度上也源自于戏剧在词汇、语言、意象、意境、抒情方式等方面对于唐宋词的借鉴，钱穆指出："元剧文字则从宋词变来，剧中仍多诗的成分。"②此言甚是。

另一方面，戏剧性因素的融入，尤其是戏剧冲突、戏剧情境和戏剧性语言动作在唐宋词中的使用，也在一定程度上影响了唐宋词的艺术风格，使得其呈现出多元化的色彩。

如前所述，与叙事文学的戏剧性相比，因篇幅限制，唐宋词的情节相对简单，往往只是一个或几个片断；矛盾冲突并不激烈，而且往往即时爆发；人物关系并不复杂，一般只有一个或两个人物形象；人物语言动作皆具有单纯和含蓄的特点。但其选用典型化的戏剧场面表现男女情事、闺怨相思、人生矛盾、风物人情等日常化和生活化的题材内容，用瞬间定格的方式给受众留下深刻印象；同时，生活中富有波折、富有情节美的事件又往往被敏感的词人捕捉入词，设计成精巧而又饶有趣味的戏剧冲突，满足了人们捕捉新鲜生活的审美需要，充分体现了生活和人情的多姿多彩。

不可否认，每一种艺术样式从其他艺术种类中汲取的营养都是多方面的。从唐宋词所表现出的种种戏剧性因素，尤其是其中千姿百态的戏剧冲突来看，词与戏剧之间的相互影响是切实存在的。这不但为中国戏剧文学研究提供了一个新思路，更揭示了唐宋词在不断发展的过程中，从诗、文、赋以及戏剧等文艺样式中博采众长的事实，也为我们转换视角、开拓视野，对唐宋词进行全方位、多角度的研究提供了可能。

（原载于《中国韵文学刊》2015年第1期）

---

① 任中敏：《词曲通义》，上海商务印书馆1931年版，第1-2页。
② 钱穆：《中国文学论丛》，上海三联书店2002年版，第132页。

# 论唐宋词的感官主义倾向

　　唐宋词较为集中的欲望化书写和显著的感官主义倾向，主要体现在其语言风格的装饰性和技巧性，以及人物形象的感官化两大方面。这不仅与唐宋士人阶层的社会价值取向与审美趣味的转变有关，也与词体的创作观念和女色化的创作环境密切相关。感官主义倾向的存在，固然有其合理性和积极意义，比如它们一定程度上再现了当时士大夫文人的真实生存状态和文化心态，相对扩大了传统文学的表现空间，隐现出个体价值的提升和自我意识的觉醒等等，但其内在的种种弊端，也成为日后严重制约其健康发展的致命伤。

感官，通常是指人类感受外界事物刺激的器官，主要包括眼、耳、鼻、舌、身等，由此，产生了包括视觉、听觉、嗅觉、味觉、触觉等一系列与此相关的感觉。所谓感官主义，是指"极力强调人的感官以及感官享受，把感官享受抽象到脱离人的其他生活领域的程度，从而把感官满足和享受作为最后的和唯一的终极目的"①。

虽然把艺术创作中对感官享乐的关注上升至"感官主义"的理论高度自当代方始，但实际上，追求身体感官愉悦，强调世俗感官享乐的感官主义创作倾向却早已出现，一度流行于市井民间和士大夫文人中的唐宋曲子词，便具有较为鲜明的感官主义倾向。从一定意义上讲，唐宋词无论在创作动机、表达方式，还是作品的创作环境、传播手段，以及其题材内容、艺术风格等方面，无不沾染着浓重的感官享乐色彩，呈现出较为显著的感官主义倾向。

# 一、时风、士风转捩与词体的感官主义倾向

中国传统文化历来排斥对身体感官愉悦的过度追求，否定纯粹的世俗感官享乐，如孔子就曾提倡"饭蔬食、饮水，曲肱而枕，乐亦在其中矣"（《论语·述而》）之类重精神修养而轻物质享受的生活理念；老子也提出："五色令人目盲，五音令人耳聋，五味令人口爽，驰骋畋猎令人心发狂，难得之货令人行妨"②的观点，强调审美的精神性愉悦，反对迎合感官快感的艺术活动；魏晋以来，纵欲之风曾一度盛行，士大夫文人"重门第，好容止……肤清神朗，玉色令颜……士大夫手执粉白，口习清言，绰约嫣然，动相夸许"（屠隆《鸿苞录》）表现出对声色享乐的特别偏嗜，嵇康所谓"六经以抑引为主，人性以从欲为欢"（嵇康《难自然好学论》）也将"从欲"归结为人类本性。到了南北朝时期，宫体诗人更是一反传统文学"载道"

---

① 孙润国、张海燕：《从马克思关于"感官"的论述看大众传媒中的感官主义倾向》，《商业文化》2012第1期。

② 陈鼓应：《老子今注今译》，北京商务印书馆2006年版，第154页。

"言志"的功利主义创作观，集中笔墨摹写日常器物之美，以及物化的、甚至倾向于色情化的女性美，作品中充满了对于感官享乐的沉迷和近乎变态的张扬。不过，囿于时代背景、作者身份、传播方式、消费群体等诸多方面的原因，宫体诗数量既不多，质量也差强人意，在当时文坛乃至整个中国古代文学史上影响力终属有限。而只有到了唐宋词中，感官主义才找到了最合适的载体，才终于得到了最佳的表现。引起词体创作观念"离经叛道"，由传统诗文之重抒情言志而朝着表现世俗欲望方向倾斜的主要原因大致有三。

首先，宋代高度发达的社会经济，以及优待文官和鼓励享乐的既定国策，导致士人阶层的社会价值取向和审美趣味发生变异，朝着雅俗共赏的方向发展。

宋代是我国封建经济发展的鼎盛时期，其城市经济尤为发达。以北宋汴京为例，"其阔略大量，天下无之也。以其人烟浩穰，添十数万众不加多，减之不觉少。所谓花阵酒地，香山药海。别有幽坊小巷，燕馆歌楼，举之万数，不欲繁碎"（《东京梦华录》见卷五）。南宋城市经济的繁盛较之北宋相比有过之而无不及。周密《武林旧事》记载西湖当日胜景，所谓："贵珰要地，大贾喧民，买笑千金，呼卢百万，以至痴儿骏子，密约幽期，无不在焉。日糜金钱，靡有纪极。故杭谚有'销金锅儿'之号。"一方面，繁盛的城市经济为士大夫文人的享乐生活提供了经济保障，而与此同时，宋代自建国之初即施行的鼓励享乐、优待文官的政策也为士大夫文人欢饮冶游的生活提供了合理的借口和合法的"政策保障"。例如，宋太祖赵匡胤在"杯酒释兵权"时劝石守信等功臣们"多集金帛田宅以遗子孙，歌儿舞女以终天年"，又"有誓约，藏之太庙，誓不杀大臣及言事官"（李心传《建炎以来系年要录》卷四）。另据宋代江少虞《宋朝事实类苑》载："（真宗）时天下无事，许臣僚择胜燕饮，当时侍从文馆士大夫，各为燕集，以至市楼酒肆，往往皆供帐为游息之地。"又周辉《清波杂志》卷十载："韩黄门持国典藩筵客，早食则凛然谈经史节义及政事设施，晚集则命妓劝饮，尽饮而罢。虽薄尉小官，悉令登车上马而去。"由此可见，燕饮游赏之类世俗化、感官化的生活方式和审美趣味已成为当时馆阁臣僚日常生活的重要内容，而上层社会对世俗生活的体验和对官能感受的追求也得到进一步肯定和张扬，并潜移默化地影响了宋代士人社会文化价值观念和审美规范。

高克勤在《宋代文学研究的突破》一文中指出：

宋代士大夫雅俗观念的核心是忌俗尚雅，但已与前辈士人那种远离现实社会的高蹈绝尘的心境不同，其审美追求不仅停留在精神上的理想人格的崇高和内心世界的探索上，而同时进入世俗生活的体验和官能感受的追求、提高上。①

一方面以风雅之士自矜，另一方面，又不掩饰对世俗生活和感官享乐的迷恋和热切追求，这便是宋代士大夫文人典型的"双重人格"。

其次，唐宋词中较为集中的欲望化书写和显著的感官主义倾向又与"词为小道"的创作观念和词体"娱宾遣兴"的创作目的密不可分。

曲子词原为"胡夷里巷之曲"。由于"没有显赫的家世和高贵的血统"②，"小词"在当时的正统文人眼中为"小道""末技"，根本上不了台盘，有时甚至会有损创作者的声誉。如孙光宪《北梦琐言》记载："晋相和凝，少年时，好为曲子词，布于汴、洛，洎入相，专托人收拾焚毁不暇。"③北宋钱惟演也曾明确表述其文体分等的观念，曰："平生惟好读书，坐则读经史，卧则读小说，上厕则阅小辞。"④"小辞"是"厕所文学"，可见词体地位低下。即使到了将曲子词不断"尊体"和"雅化"的南宋，文人对"小词"的态度依然显得暧昧含混。如南宋陆游在其《渭南文集·长短句序》中说："予少时汩于世俗，颇有所为，晚而悔之。然渔歌菱唱，犹不能止。今

---

① 高克勤：《宋代文学研究的突破》，《复旦学报》，1998年第4期。
② 杨海明：《唐宋词纵横谈》，苏州大学出版社1994年版，第95页。
③ 孙光宪：《北梦琐言》，学苑出版社2000年版，第134页。
④ 欧阳修：《归田录》，《宋元笔记小说大观》，上海古籍出版社1990年版，第620页。

绝笔已数年，念旧作终不可掩，因书其首，以识吾过。"①旧词结集不为流芳后世，而是"识吾过"，这段话真实地反映了宋代文人对于词体贬抑的同时在深爱，既排斥又难以割舍的矛盾态度与观念，这也是宋代伦理型文化与词体作为娱乐消费性文体的冲突与矛盾。然而，也正因其地位低下，"小词"才能够避开封建礼教和儒家诗论的监管和束缚，词人也才敢于无所顾忌地在情天孽海的世界中翻滚，尽情地抒写他们郁积已久的艳情绮思和强烈的感官欲望。

"娱宾遣兴"的创作目的也是导致词体重娱乐、重感官享受的主要原因。唐宋的大量词论已将词体遣兴佐欢的特点表述无遗。如陈世修在《阳春集序》中即称："公（冯延巳）以金陵盛时，内外无事，朋僚亲旧，或当燕集，多运藻思为乐府新词，俾歌者倚丝竹而歌之，所以娱宾而遣兴也。""娱宾""佐欢"也是宋代词人作词的主要目的，如晏几道《小山词序》云："始时，沈十二廉叔、陈十君龙，家有莲、鸿、蘋、云，品清讴娱客，每得一解，即以草授诸儿，吾三人持酒听之，为一笑乐而已。"②明确指出其歌词娱人自娱的娱乐动机。又如毛晋跋黄庭坚《山谷词》谓："鲁直少时，使酒玩世，喜造纤淫之句，法秀道人诫曰：'笔墨劝淫，应堕犁舌地狱'，鲁直答曰：'空中语耳'。"（毛晋《跋山谷词》）可见山谷词游戏玩笑的特征。而叶梦得《石林燕语》谈及辛弃疾作词的情景亦云："公燕合乐，每酒行一终，伶人必唱催酒，然后乐作。"③"游戏""佐欢"的创作目的使词人能够"放下包袱，轻装上阵"，词的娱乐功能由此得到强化，其重声色和重感官的特征也更加明显。

再次，唐宋词的感官化倾向还与其女性化和女色化的创作环境有关。

如前所述，唐宋词产生于花间樽前的创作环境，其演唱者主要是女性歌妓。早在《花间集》的序言中，欧阳炯就描述了"绣幌佳人""举纤纤之玉指，按拍香檀"的唱词场面。而王灼《碧鸡漫志》亦云："今人独重女音，

---

① 陆游：《陆放翁全集》，上海商务印书馆1933年版，第34页。
② 金启华等编：《唐宋词集序跋汇编》，江苏教育出版社1990年版，第5页。
③ 叶梦得：《石林燕语》，《宋元笔记小说大观》，上海古籍出版社1990年版，第2514页。

不复问能否。而士大夫所作歌词，亦尚婉媚，古意尽矣。"又载李方叔《品令》云："歌唱须是玉人，檀口皓齿冰肤。意传心事，语娇声颤，字如贯珠。"吴自牧《梦粱录》亦载："但唱令曲小词，须是声音软美。"而"诸酒库设法卖酒"，也要拣择那些"娉婷秀媚，桃脸樱唇，玉指纤纤，秋波滴滴，歌喉宛转，道得字真韵正，令人侧耳听之不厌"（《梦粱录》卷六）的歌妓演唱。美女、音乐加舞蹈的创作环境和演出环境极大地刺激了男性词人的创作热情，他们往往以兴奋激赏之眼对此加以描摹，所谓："皓齿善歌长袖舞，渐引入，醉乡深处。"（柳永《思归乐》）"风流妙舞，樱桃清唱，依约驻行云。"（晏殊《少年游》）"樱唇玉齿，天上仙音心下事，留往行云，满坐迷魂酒半醺。"（欧阳修《减字木兰花》）"倾国与倾城，袅袅盈盈，歌喉巧作断肠声。"（仲并《浪淘沙》）""满坐迷魂酒半醺"正写出了在声色之娱的强烈冲击之下，男性词人的真实感受。而大量赠妓咏妓词中，虽然不乏对歌妓容貌、体态、伎艺和才情的称颂，却更多体现出男性词人对女性美的追求偏重感观享乐和肉欲需求的特点。

## 二、语言风格的装饰性与人物形象的感官化

唐宋词显著的感官主义倾向主要体现在语言风格的装饰性与人物形象的感官化两大方面。

首先，唐宋词的语言风格极富装饰性和技巧性，其精雕细刻的语汇和由此构筑的唯美词境一方面给读者以目眩神迷的视觉冲击力，另一方面，其特殊的体式和由此造成的语言结构之参差错落的音乐美又给欣赏者带来强烈的听觉快感。

其一，关于唐宋词中的精美语汇，缪钺先生的《诗词散论》曾作如下评述：

词中所用，尤必取其轻灵细巧者。是以言天象，则"微雨""断云""疏星""淡月"；言地理，则"远峰""曲岸""烟渚""渔汀"；言鸟兽，则"海燕""流莺""凉蝉""新雁"；言草木，则"残红""飞絮""芳草""垂杨"……即形况之辞，亦取精美细巧者。譬如亭榭，恒物也，而曰"风亭月榭"（柳永词），则有一种清美之境界矣；花柳，恒物也，而曰"柳昏花暝"（史达祖词），则有一种幽约之景象矣。①

当代学者的统计数据也印证了缪钺先生的论述。据"《全宋词》电子计算机检索系统"（南京师范大学张成、曹济平研制，1991年9月通过鉴定）统计，"风、花、春、云、月、水、雨、秋、夜、梦、愁、情、烟、小、楼、翠、柳、芳"等"轻灵细巧""精美细巧"的语汇，皆属排名前100位的高频字。缪钺先生进而指出，"（因）词之所言，既为人生情思意境之尤细美者，故其表现之方法，如命篇、造境、选声、配色，亦必求精美细致，始能与其内容相称"由此而构筑的优美词境，正如郭麟《词品》所描绘的那样：

鲛人织绡，海水不波。珊瑚触网，蛟龙腾梭。明月欲堕，群星皆趋。凄然掩泣，散为明珠。织女下眄，云霞交铺。如将卷舒，贡之太虚。（《奇丽》）

杂组成锦，万花为春。五酝酒酻，九华帐新。异彩初结，名香始薰。庄严七宝，其中天人。饮芳食菲，摘星抉云。偶然咳唾，明珠如尘。（《秾艳》）②

由上可知，唐宋词所用语汇辞藻在强调富艳雕缋的同时，又重视直觉与印象，将主观情绪和心灵感受与视觉意象相结合，从而使作品极具形象感和

---

① 缪钺：《诗词散论》，上海古籍出版社1982年版，第60页。
② 江顺诒：《词学集成》，唐圭璋：《词话丛编》，中华书局，2005年版，第3296页。

画面美，充满打动人心的美感力量。唐圭璋先生论及温词说：（温庭筠词）"一字一句，皆精锤精炼，艳丽逼人。人沉浸于此境之中，则深深陶醉，如饮醇醴，而莫晓其所以美之故。"（唐圭璋《词学论丛·温韦词之比较》）这也指出了大部分唐宋词对语汇词境的雕绘修饰之功，以及它由此而具有的令人目迷神夺、"深深陶醉"的艺术魅力。

其二，词体参差错落的特殊体式既缘于其合乐的需要，更有利于欣赏者获得听觉上的别样感受。

词别称"曲子词"，乃配合音乐歌唱之曲辞。词乐以隋唐新兴的燕乐为主，燕乐是俗乐，所谓"感其声者，莫不奢淫躁竞，举止轻飙，或踊或跃，乍动乍息，跷脚弹指，撼头弄目，情发于中，不能自止"（《文献通考·乐二》）。其变化万端的节奏和旋律决定了曲子词体式的多变，对此，康有为《味梨集序》说：

中唐时，六朝之曲废，于是合律绝句"黄河远上"曼声之调出。爰及晚唐，和三五七言古律，益加附益，肉好眇曼，音节泠泠，俯仰进退，皆中乎桑林之舞，轻首之会。暨宋人，益变化作新声，曼曼如垂丝，飘飘如游云，划绝如斫剑，拗折如裂帛，幽幽如洞谷，龙吟凤啸，莺啭猿啼，体态万变，实合诗、骚、乐府、绝句而一协于律，盖集辞之大成，文之有滋味者也。

"新声"成就了词之"体态万变"和"有滋味"，对于词体有别于诗体的显著优势，刘永济先生在《词论·名谊》中指出：

诗自五言倡于汉代，七言成于魏世，一句之中杂有单偶之辞，气脉舒荡，已较四言平整者为优，然错综之妙，变而未极。填词远承乐府杂言之体，故能一调之中长短互节，数句之内奇偶相生，调各有宜，杂而能理，若整若雁阵，或变若游龙，或碎若明珠之走盘，或畅若流泉之赴谷，莫不因情以吐字，准气以位辞，可谓极织综之能事者矣。

　　曲子词参差错落的长短句式与传统齐言诗相较，不但有助于情感的自由抒发，使其具有宛曲错落的"织综"之美；尤为重要的是，词体通过择调、句式、用韵、平仄等方面的变化组合，更富摇曳、动荡的美感和声情效果，经由女艺人"歌喉宛转，道得字真韵正"①的演唱，能给欣赏者带来听觉上的强烈新鲜感和刺激力。

　　其次，唐宋词中的女性美得到了前所未有的发掘和张扬，已经由前代文学作品中朦胧虚化的整体美具体到身体的局部以及与此相关的方方面面。

　　前代诗文中，虽然也有"螓首蛾眉，巧笑倩兮，美目盼兮"（《诗经·硕人》），"眉如翠羽，肌如白雪；腰如束素，齿如含贝"（宋玉《登徒子好色赋》），"明眸善睐，靥辅承权，瑰姿艳逸，仪静体闲"（曹植《洛神赋》）之类关于女性容貌体态之美的描绘，却并不充分和普遍，而且容易招致正统文人的诟病。然而，在唐宋词中，情况却发生了根本性的逆转，男性词人将大部分精力倾注于对女性美的关注和摹写上，用酣畅的笔墨，淋漓尽致地展现出一个秾艳芬芳、充满声色诱惑的女性世界。

　　其一，唐宋词中大量铺陈摹写各种精美琐细的女性用品以及香艳幽深的闺阁环境，富有暗示性和挑逗性的女性氛围引发男性读者无穷遐想，满足了他们对女性世界的探求心理和"窥视"渴望。

　　如现存最早的文人词集《花间集》，其中就充斥着对于女性器物和闺房陈设的描写："水精帘里玻璃枕，暖香惹梦鸳鸯锦。"（温庭筠《菩萨蛮》）"烛烬香残帘未卷，梦初惊，花欲谢，深夜，月胧明。"（韦庄《诉衷情》）"倚着云屏新睡觉，思梦笑，红腮隐出枕函花。"（张泌《柳枝》）"日高犹未起，为恋鸳鸯被。鹦鹉语金笼，道儿还是慵。"（欧阳炯《菩萨蛮》）"春满院，叠损罗衣金线。睡觉水晶帘半卷，帘前双语燕。"（薛昭蕴《谒金门》），等等。婉约香艳、缱绻缠绵的闺阁环境，充满了女性情韵，令人眼花缭乱、目不暇接。它不但激发读者的无穷遐思，充分满足他们看的快感，同时，作

━━━━━━━━━━

　　① 吴自牧：《梦粱录》，中国商业出版社1982年版，第132页。

品的情感表现也趋于外物化,给人以独特的审美感受和情感暗示。因此,日本学者村上哲见指出:"尽管(艳情词)主题如此庸俗,而且语汇陈腐,但是词中所展开的境界却洋溢着娇艳之美,具有诱人的不可思议的魅力。"①

其二,唐宋词人集中笔墨,聚焦于女性本身,为读者描摹出一幅幅或浓墨重彩、或淡雅清丽的"仕女画"。

请读:"翠袂半将遮粉臆,宝钗长欲坠香肩,此时模样不胜怜。"(孙光宪《浣溪沙》)"云一緺,玉一梭,淡淡衫儿薄薄罗。轻颦双黛螺。"(李煜《长相思》)"双蝶绣罗裙,东池宴,初相见,朱粉不深匀,闲花淡淡春。"(张先《醉垂鞭》)"倾城巧笑如花面,恣雅态,明眸回美盼。"(柳永《洞仙歌》)"池塘水绿风微暖,记得玉真初见面。重头歌韵响琤琮,入破舞腰红乱旋。"(晏殊《木兰花》)"小令尊前见玉箫,银灯一曲太妖娆。歌中醉倒谁能恨?唱罢归来酒未消。"(晏几道《鹧鸪天》)"娇后眼,舞时腰""敛黛含颦喜又嗔。"(苏轼《鹧鸪天》)"艳真多态,更的的,频回盼睐。"(贺铸《薄幸》)"娇痴不怕人猜,和衣睡倒人怀。"(朱淑真《清平乐》)等等。从女性的容貌服饰、神情体态、情感心绪等多个视角着眼,通过极具官能性、诱惑性的辞藻语境引发联想,展示出活色生香的女性美和她们令人回味无穷的仪态和风情。"简直首首是香迷心窍的灵葩,充满着春的气息,肉的甜热,包含着诱惑一切的伟大魔力。"②

此外,唐宋词人还调动其他感官来摹写女性形象,包括嗅觉、听觉甚至触觉在内的审美感官被全面激活,读者由此获得多重感官刺激和享受。如"玉炉冰簟鸳鸯锦,粉融香汗流山枕。"(牛峤《菩萨蛮》)"兰麝细香闻喘息,绮罗纤缕见肌肤,此时还恨薄情无?"(欧阳炯《浣溪沙》)"山枕上,私语口脂香。"(顾夐《甘州子》)"樱唇玉齿。天上仙音心下事。留往行云,满坐迷魂酒半醺。"(欧阳修《减字木兰花》)"脱罗裳,恣情无限,留取帐前灯,时时待,看伊娇面。"(柳永《菊花新》)等等。可以说,随着女

---

① 村上哲见:《唐五代北宋词研究》,杨铁婴译,陕西人民出版社1987年版,第105页。
② 见《金屋月刊》1930年第2期对邵洵美的诗集《花一般的罪恶》之介绍。

性形象的"被感官化",女性的本体也被不断物化,成为被看的对象和被展示的对象。她们的形象转变为形而下的官能刺激的符号,带有强烈的视觉性和色情意味,这就很大程度上满足了男性作者的欲望书写和男性读者的感官想象,由此也导致了词中女性形象的类型化和模式化。

## 三、对唐宋词中感官主义倾向的批判性考察

鲁迅先生说:"俗文之兴,当兴两端,一为娱心,二为劝善。"①然而强调感官享乐的唐宋词,其价值取向无疑却偏重于前者。以感官快适为主要目的的词作,往往境界狭窄、格调颓靡,充斥着及时行乐和逃避现实的情感意绪,成为日后严重制约其健康发展的致命伤。因此,不可否认,感官主义倾向的主流影响是虚无和消极的。然而,在词人极力渲染感官欢愉,张扬地、竭尽所能地享乐今生的行为背后,也蕴藏着一些积极的因子。这主要表现在以下几个方面:

首先,唐宋词创作的感官主义倾向,一定程度上再现了当时士大夫文人的真实生存状态和文化心态,从而具有"观风俗"的价值。柏拉图说:"一件艺术品可以不提供某种用处,或真实性,或逼真的重现,当然也不产生伤害,但它却可以单独产生通常伴随其他要素的要素:'吸引力'。"②这种"吸引力",往往即是由真实性和非功利性为前提的。事实上,唐宋词创作中这种明显的感官主义倾向,既体现了宋代雅俗文化元素的碰撞与交融,以及宋代士人文化价值观念的转捩,也部分地凸显出唐宋词创作中价值观的转变和消费社会令审美愉悦向审美感官化转变的总体趋势。因此,有学者认为,词在宋代是"最为成功"的"艺术部门","时代心理终于找到了它最合适的归宿"。③从某种意义而言,是有一定道理的。

---

① 鲁迅:《鲁迅全集》,人民文学出版社1982年版,第10页。
② 柏拉图:《法律篇》,张智仁、何勤华译,上海人民出版社2001年版,第58页。
③ 李泽厚:《美的历程》,文物出版社1982年版,第155–156页。

其次，从艺术角度来看，唐宋词对个体生活的多角度展示和对感官享乐的细腻描摹，流露出词人对享乐生活的沉迷以及对于艺术美的不懈追求，这就相对扩大了传统文学的表现空间，间接成就了词体"别是一家"的独特风貌。对于词体摹情写物的"特长"，历代词论也多有阐发和评述。张炎云："簸弄风月，陶写性情，词婉于诗。"（《词源》卷下）陈子龙云："宋人亦不免于有情也，故凡其欢愉愁怨之致，动于中而不能抑者，类发于诗余，故其所造独工，非后世所及。"（《王介人诗余序》）清陈廷焯云："后人之感，感于文不若感于诗，感于诗不若感于词。"（《白雨斋词话》）查礼云："情有文不能达，诗不能道者，而独于长短句中可以委宛形容之。"因娱乐功能凸显而教化功能潜隐等缘由，在相当一部分唐宋词中，美的本体被物化，转变为形而下的官能刺激，美的感觉往往变成醉生梦死的感官快乐，具有魅惑人心的力量；又因词本缘情，所谓"词须宛转绵丽，浅至儇俏，挟春月烟花于闺幨内奏之"（王世贞《艺苑卮言》），故其对情感以及个体感受的摹写就比传统诗文更普泛、更幽深细腻，也更加纯粹。

最后，透过唐宋词人寻欢作乐、竭力追求感官快适的生活表层，我们恰恰可以体味出唐宋词人内心深处对于个体生命的珍惜和对个人生活质量的重视。生命的长度虽不能改变，人生的宽度却可拓展，词人对及时行乐与追求感官愉悦行为本身的大书特书，也从反面隐现出当时社会，尤其是士大夫文人阶层，其个体价值的提升和自我意识的逐渐觉醒。

总之，相当一部分具有明显感官主义倾向的唐宋词，为我们形象地再现了当时社会，尤其是士人阶层纸醉金迷、灯红酒绿的生活场景。由于过分强调艺术技巧和感官刺激，作品显示出与异于传统诗文的狭隘性和趋同性。但在批判之余，我们也可看到，词人私生活领域流露的某些真实情感以及由此构筑的特殊艺术境界，也具有一定的审美价值和思想意义，因此未可一笔抹杀。

（原载于《中国韵文学刊》2016年第1期）

# 论宋词中"笑"的情感内蕴及其诗意提升

与宋词中普泛化的愁、悲、恨等情绪相比较,"笑"所传递的心理活动更加丰富微妙,它为读者提供了"以悲为美"之外的另一种审美感受。从北宋到南宋,随着时代变迁、士风嬗变、以及词体演进等多重因素的影响,同时受到创作者人生经历和性格特征等个人因素的制约,宋词中"笑"的表现对象和情感内涵经历了一个从平面到纵深、不断发展和诗意提升的过程。

不可否认，词是最擅长抒写愁情的文体之一。无论是恋人亲朋间的离愁，永日无聊的闲愁，亦或人生失意之愁、乱世流离之愁，或者国破家亡之愁，林林种种的愁情一经词人婉曲道来，则千姿百态、变化无端。清人田同之《西圃词说》云："（词）其写景也，忽发离别之悲，咏物也，全寓弃捐之恨。无其事，有其情，令读者魂绝色飞，所谓情生于文也。"由于契合词体抒情要眇宜修的特点，词中愁情向来不绝于缕，有词论家甚至将"词工"的原因归结于其能无端而愁，如赵庆熹《花帘词序》云："无岁而无落花也，无处而无芳草也，无日而无夕阳明月也。然而古今之能言落花芳草者几人，古今之能言夕阳明月者几人，则甚矣，写物之难、写愁之难也。花帘主人工愁者也，词则善写愁者。……无端而愁，即无端其词。落花也，芳草也，夕阳明月也，皆不必愁者也。不必愁而愁，斯视天下无非可愁之物，斯主人之所以能愁，主人之词所以能工。"

由此可见愁情之于词的重要作用。然而，就在唐宋词愁云密布的天空中，笑语、笑声、笑态、笑貌等与"笑"有关的种种描写，却正如穿透云层的几缕阳光，不仅为作品带来融融暖意，且蕴含着较为复杂的人生况味及情感内涵，值得深究。据南京师范大学《全宋词》计算机检索系统统计，现存21055首宋词中累计使用"笑"字3458个，约占总数的16%，可见"笑"的使用在宋词中也并不少见。与愁、悲、恨、怒等情绪相比较，"笑"所传递的心理活动更加丰富微妙，其不但与创作者性格喜好等个人因素密切相关，且受到时代社会背景的深刻影响。从北宋到南宋，词中"笑"的表现对象和情感内蕴经历了一个不断复杂化和诗意提升过程，其主要经历了以下几个阶段。

## 一、笑筵歌席连昏昼：佳人情态与盛世酣笑

北宋前期词坛承晚唐五代词余绪，一方面，在题材内容的选择上依然沿

袭花间、南唐之"词为艳科"的范式,多抒写伤离怀远、男欢女爱之情;另一方面,词人创作合乐歌词的目的,也大抵是为了满足酒筵歌席间寻欢作乐的需要。因此,北宋前期词作中的"笑"既以渲染"佳人情态"为主,其情感内蕴也大多呈现为"笑筵歌席连昏昼"一类承平时代的盛世酣笑和及时行乐的欢愉之情。

## (一)用助"佳人情态"

沈义父《乐府指迷》云:"作词与诗不同,纵是花卉之类,亦需略用情意,或要入闺房之意。"①王世贞《艺苑卮言》云:"词须宛转绵丽,浅至儇俏,挟春月烟花于闺幨内奏之。"先著《词洁》亦云:"词之初起,事不出于闺帷。"他们都指出了词体善于摹写女性形象和女性生活的文体特征。年轻貌美是宋词中诸多女性形象的共同特征,男性词人以激赏之眼,满怀热情地书写着各类令人目眩神迷的绝代佳人,而千姿百态的"笑"无疑使宋词中女性美的内涵更加丰富,有锦上添花之妙。

其一,天真自然的纯美之笑。

众所周知,以闺怨题材为主要内容的唐宋词,其中尽多女性的愁眉、泪眼、啼痕、病躯、低叹,以及由此而生发的无穷无尽的相思、等待和怅望,充满了负面情绪和悲观色彩。然而,词中少数"不识愁滋味"的天真浪漫的少女之笑,却蕴涵着纯真质朴而又开朗乐观的美好情操,既让读者眼前一亮,又具有令人喜不自禁的强烈感染力。例如"金雀双鬟年纪小,学画蛾眉红淡扫。尽人言语尽人怜,不解此情惟解笑"(欧阳修《玉楼春》)寥寥数语,一位不解风情、清纯可爱的少女形象跃然纸上;"巧笑东邻女伴,采桑径里逢迎。疑怪昨宵春梦好,元是今朝斗草赢。笑从双脸生"(晏殊《破阵子》)连用两个"笑",将少女们天真纯朴、快乐自然的性格特征摹写得淋漓尽致;"四月芳林何悄悄,绿阴满地青梅小。南陌采桑何窈窕。争语笑,乱丝满腹吴蚕老","九月重阳还又到,东篱菊放金钱小。月下风前愁不少。

---

① 唐圭璋:《词话丛编》,中华书局2005年版,第281页。

谁语笑，吴娘捣练腰肢袅"（欧阳修《渔家傲》），室外女子笑语喧喧的劳动场面与室内佳人惆怅独处的氛围相映衬，使孤独者更孤独，而欢快的笑语无疑又为整首词低沉黯淡的色调增添了些许亮色。当然，此类乐观向上、天真无邪的女性形象在唐宋词中尚属个案，并不多见。

其二，春心萌动的含情之笑。

唐宋词中的女性形象大抵与恋情相伴相生，由于封建社会要求女性含蓄内敛，因此，爱情所带来的羞赧和甜蜜往往不便直接表露，而是透过女子温文尔雅、和婉柔美的笑容来表露。请读欧阳修的《南歌子》：

凤髻金泥带，龙纹玉掌梳，走来窗下笑相扶。爱道画眉深浅，入时无。

弄笔偎人久，描花试手初，等闲妨了绣功夫。笑问双鸳鸯字，怎生书。

词中女子对恋人的绵绵爱意、恋恋深情，不但通过语言动作款款传递，且由上下片两个遥相呼应的"笑"渲染得更加温馨甜蜜、深厚绵长。又如："春残雨过，绿暗东池道，玉艳藏羞媚赧笑。"（晏几道《洞仙歌》）"非花非雾前时见，满眼娇春，浅笑微颦，恨隔垂帘看未真。"（晏几道《采桑子》）"小庭春老，碧砌红萱草。长忆小阑闲共绕，携手绿丛含笑。"（欧阳修《清平乐》），等等。这些情意萌动或沐浴爱河的女性，其"含笑""浅笑""微笑"的表情符合封建礼教含蓄委婉的行为准则，既与中庸之道的内在审美要求相契合，也符合词体"本色"的规范。

其三，炽热大胆的风情之笑。

两宋唱词"独重女音"，特殊的传播环境和交际氛围，使得歌妓成为宋代词人摹写的主要对象。由此，则歌妓们职业化的、炽热而大胆的风情妩媚之笑在宋词，尤其是"本色"词中尤为常见。例如："行笑行行连抱得，相挨。一向娇痴不下怀。"（欧阳修《南乡子》）"琼酥酒面风吹醒。一缕斜红临晚镜。小颦微笑尽妖娆，浅注轻匀长淡净。"（晏几道《玉楼春》）"层波潋滟远山横,一笑一倾城。酒容红嫩,歌喉清丽,百媚坐中生。""娇波艳冶,巧笑依然,有意相迎。"(柳永《少年游》)"淡黄衫子浓妆了。步缕金鞋小。爱来书幌绿窗前,半和娇笑。"(张先《贺圣朝》)通过巧笑、媚笑、和笑、嫣然一笑等职业化的笑容、笑貌、笑姿、笑态,将歌妓迎客、接客时风情万种的艳冶媚态摹写得入木三分。相较于春心萌动的含情之笑,歌妓们充满诱惑的风情之笑少了自然流露的真情,更多肉欲气息和商业化色彩,因此,她们的"笑"也常与商业价值并提,比如"莫道千金酬一笑,便明珠、万斛须邀"(柳永《合欢带》),"并鸳枕、轻偎轻倚,绿娇红姹。算一笑,百琲明珠非价"(柳永《洞仙歌》),"远山眉黛长,细柳腰肢袅。妆罢立春风,一笑千金少"(晏几道《生查子》),"风流何处最多情。千金一笑,须信倾城"(杜安世《朝玉阶》),等等。而从创作数量和传播范围来看,此类情欲高涨的风情之笑显然更符合市民阶层口味,消费市场也更加广阔。

## (二)用助"太平气象"

清人朱彝尊《紫云词序》云:"昌黎子曰:'欢愉之言难工,愁苦之言易好',斯亦善言诗矣。至于词或不然,大都欢愉之辞工者十九,而言愁苦者十一焉耳。故诗际兵戈俶扰流离琐尾而作者愈工,词则宜于宴嬉逸乐,以歌咏太平。"他指出了词不同于诗,更宜于歌咏太平气象和表现富贵享乐生活的文体特征。

北宋是我国封建城市经济发展的鼎盛时期,都城汴京是当时最大的城市,其物事之阜盛与人烟之稠密正如孟元老《东京梦华录序》中所言:"举目则青楼画阁,绣户珠帘。雕车竞驻于天街,宝马争驰于御路,金翠耀目,罗绮飘香。新声巧笑于柳陌花衢,按管调弦于茶坊酒肆。八荒争凑,万国咸通。集四海之珍奇,皆归市易,会寰区之异味,悉在庖厨。花光满路,何限春游,箫鼓喧空,几家夜宴。"而以词再现宋代社会风情,歌咏承平时期的盛况,最突出者当属柳永。宋人黄裳评柳词云:"予观柳氏乐章,喜其能道嘉祐中太平气象……是时余方为儿,犹想见其风俗,欢声和气,洋溢道路之间，动植咸若。令人歌柳词，闻其事，听其词，如丁斯时，使人慨然所感。呜呼，太平气象，柳能一写于乐章，所谓词人盛世之觚藻，岂可废也？"①所谓"欢声和气，洋溢道路之间"，可见欢声笑语对于柳词烘托和渲染"太平气象"的重要作用。如其《小镇西犯》："野桥新市里，花秾妓好。引游人、竞来喧笑。酩酊谁家年少。信玉山倒。家何处，落日眠芳草。"寒食节，春光正好，歌妓乐舞曼妙，引得往来游人笑语喧闹、流连忘返，一幅水乡小镇的风情图声情并茂地呈现于读者眼前；又如《临江仙》："鸣珂碎撼都门晓，旌旗拥下天人。马摇金辔破香尘，壶浆盈路，欢动一城春。"用浓墨重彩描绘了繁华满眼的扬州都市风情，而"欢动一城春"句，更以欢声笑语将整座城市的欢腾气氛烘托至沸点；再如《望海潮》写杭州："重湖叠𪩘清嘉。有三秋桂子，十里荷花。羌管弄晴，菱歌泛夜，嬉嬉钓叟莲娃。""嬉嬉"二字，栩栩如生地描绘出渔翁和采莲女笑逐颜开的欢乐神态，生动地展现出一幅国泰民安的游乐画卷。罗大经《鹤林玉露》卷一载金主完颜亮闻歌柳永这首《望海潮》，"欣然有慕于三秋桂子、十里荷花，遂起投鞭渡江之志"。

繁荣的城市经济和雄厚的物质基础也为北宋士人愈演愈烈的宴嬉逸乐之风提供了有利条件，据周辉《清波杂志》卷十载："韩黄门持国典藩舣客，早食则凛然谈经史节义及政事设施，晚集则命妓劝饮，尽饮而罢。虽薄尉小官，悉令登车上马而去。"②沈括《梦溪笔谈》载："时天下无事，许臣僚择宴饮，当时侍从文馆士大夫各为燕集，以至市楼酒肆，往往皆供帐为游息之地……馆阁臣僚，无不嬉游燕赏，弥日继夕。"而曲子词娱乐功能的不断强化，则又对这种享乐之风起到了推波助澜的作用。正如酮阳居士《复雅歌词序》所云："吾宋之兴，宗工巨儒，文力妙天下者，犹祖其（指唐五代词人）遗风，荡而不知所止，脱于芒端，而四方传唱，敏若风雨，人人歆艳，咀味于朋游尊俎之间，以是为相乐也。"③一方面，宋代士大夫文人将词作为娱宾

---

① 孟元老：《东京梦华录》，中国商业出版社1982年版，第1页。
② 周辉：《清波杂志》，《唐五代笔记小说大观》，上海古籍出版社1990年版，第5123页。
③ 金启华等编：《唐宋词集序跋汇编》，江苏教育出版社1990年版，第364页。

遣兴的工具;另一方面,词中的相当一部分内容,又是他们声色犬马之享乐生活的真实写照。请读:"绿水悠悠天杳杳,浮生岂得长年少。莫惜醉来开口笑,须信道,人间万事何时了。"(晏殊《渔家傲》)"且趁余花谋一笑。况有笙歌,艳态相萦绕。老去风情应不到。凭君剩把芳尊倒。"(欧阳修《蝶恋花》)"浮利浮名何足道,丽景芳时须笑傲。今年不似去年欢,云海路长天杳杳。"(杜安世《玉楼春》)"天将佳景与闲人,美酒宁嫌华皓。留取旧时欢笑,莫共秋光老。"(韩维《胡捣练令》)等等,词人对欢歌笑语、狂饮烂醉这种及时行乐行为本身的大书特书,既体现了享乐今生的世俗观念在宋代社会的膨胀和蔓延,也从反面隐现出他们内心深处对生命的珍惜和怀恋,体现了宋代士人个体价值的提升和自我意识的觉醒。

# 二、一笑人间今古:名士风流

北宋庆历以来,仁宗在政治上励精图治,士风转为昂扬,士人以天下为己任的责任感强烈。特殊的政治历史环境在潜移默化地改变士林精神世界的同时,对文学创作也产生了深远的影响。以苏轼为代表的一部分词人开始尝试对词统进行改革与重建,一方面,他们冲破了音律的束缚,使词由原来的音乐附庸逐渐发展为一种相对独立的新型诗体;另一方面,他们将士大夫精神逐渐融入到词体创作之中,使词走出狭窄的"花间""尊前",像诗一样可以充分表现作者的主体意识和性情怀抱。由此,则词中"笑"的情感和精神内蕴也发生转移,成为士大夫陶写人格、吟咏情性、传达逸怀浩气的情感媒介和载体,更多地表现出"一笑人间今古"之类洒脱通达而又含蓄内敛的宋代名士风流。

以北宋士人精神的典范苏轼为例,苏轼一生命运多舛,仕途坎坷,经历了多年的贬谪生活,"问汝平生功业,黄州、惠州、儋州"。[1]但他抱持积极

---

[1] 孔凡礼点校:《苏轼诗集》,中华书局1982年版,第1079页。

乐观的生活态度，始终保有恬然自适的心境，这种热爱生活、随缘自适的生活方式，其愈经磨难愈加纯粹自然的人生智慧，以及他对宇宙万物深邃精微的体察和思考，也在相当大的程度上丰富了苏轼词中"笑"的情感与精神内蕴。在苏轼被收录于《全宋词》的342首词中，共44首词使用了48个"笑"字，除去个别几首赠妓词摹写歌妓笑语笑态之外，大部分浸润了苏轼透彻的人生感悟及达观的处世态度，展现了北宋士人丰富的心灵世界和精神追求，以下就从两个方面分论之。

其一，以"入世"之心尽情享受人生，以审美的眼光在日常生活的点滴中寻觅和体味人生的乐趣。

高克勤在《宋代文学研究的突破》一文中指出："宋代士大夫雅俗观念的核心是忌俗尚雅，但已与前辈士人那种远离现实社会的高蹈绝尘的心境不同，其审美追求不仅停留在精神上的理想人格的崇高和内心世界的探索上，而同时进入世俗生活的体验和官能感受的追求、提高上。"①与北宋大部分士大夫文人一样，苏轼对于俗世欢乐也不排斥，且积极响应、乐在其中。请读其《木兰花令》："元宵似是欢游好，何况公庭民讼少。万家游赏上春台，十里神仙迷海岛。平原不似高阳傲，促席雍容陪语笑。坐中有客最多情，不惜玉山拚醉倒。"极尽笔墨渲染了杭州城欢歌笑语、万家欢腾的元宵节盛况，以及作为杭州太守的苏轼与民同乐的欢乐心情。又如其《浣溪沙·徐州藏春阁园中》："惭愧今年二麦丰，千畦细浪舞晴空，化工余力染夭红。归去山公应倒载，阑街拍手笑儿童，甚时名作锦薰笼。"浓墨重彩地描绘了热烈奔放的丰收场景，表达了时任地方官的作者对民生农事的关心和对眼前丰收景象的喜悦之情。

苏轼善于在普通人日常的平凡生活中尽力寻觅快乐、笑口常开，同时，文人的高情雅趣也提供给他以盎然的人生乐趣，其词中的"笑"，不仅有感悟人生的恬淡与从容，也蕴涵着他独特的精神追求与文化心态。比如其词中常见朋僚亲旧同游同聚的场面："绿鬓苍颜同一醉，还是，六人吟笑水云乡。

---

① 高克勤:《宋代文学研究的突破》,《复旦学报》1998年第4期。

宾主谈锋谁得似？看取，曹刘今对两苏张。"（《少年游》）"小舟横截春江，卧看翠壁红楼起。云间笑语，使君高会，佳人半醉。"（《水龙吟》）"巉巉。淮浦外，层楼翠壁，古寺空岩。步携手林间，笑挽扦扦。"（《满庭芳》）"轻舸渡江连夜到，一时惊笑衰容。语音犹自带吴侬。夜阑对酒处，依旧梦魂中。"（《临江仙》）等等，舒徐从容间尽显文士诗酒风流本色。又如其词中往往不经意地流露出对放情山水之自由生活的向往："老去才都尽，归来计未成。求田问舍笑豪英。自爱湖边沙路、免泥行。"（《南歌子》）"东武望馀杭，云海天涯两杳茫。何日功成名逐了，还乡。醉笑陪公三万场。"（《南乡子·和杨元素》）"渔父醒，春江午。梦断落花飞絮。酒醒还醉醉还醒，一笑人间今古。"（《渔父》）等等。更为值得一提的是，苏轼不但努力从外部世界寻觅快乐，有时还返求诸内，以品味自己的心境作为快乐，比如："苒苒中秋过，萧萧两鬓华。寓身化世一尘沙。笑看潮来潮去、了生涯。"（《南歌子》）一旦彻底摆脱浮名虚利的牵拘，人会变得无比轻松快乐，于是，在闲适的心境中，词人又一次构筑起自我满足的精神乐园。又比如："自笑浮名情薄，似与世人疏略。一片懒心双懒脚，好教闲处著。"（《谒金门》）此词虽有几分牢骚，但总起来看则仍是在对自己闲适疏懒的心境作孤芳自赏式的赏玩，并由此获得了自得其乐的愉悦与满足。对于苏轼而言，"笑"既是他在平凡的生活中发掘美感和快乐的人生态度，也是一种摆脱外在因素困扰，随缘自适的心境和人生智慧。因此，林语堂称其为"秉性难改的乐天派"，是有一定道理的。

其二，以"出世"之眼静观宇宙人生，不断反思和超越，随遇而安、无往不快地笑对人生的一切厄运和苦难。

如前所述，苏轼一生坎坷，可谓"崎岖世味尝应遍"（《立秋日祷雨，宿灵隐寺，同周、徐二令》），因此，他的人生苦难意识和虚幻意识也较常人更为沉重。"人生如梦"是苏轼在经历了人生种种离合悲欢、沉浮荣辱后得出的深切生命体验，这在其词作中曾反复表达，如："世事一场大梦，人生几度新凉。""休言万事转头空，未转头时皆梦。"（《西江月》）"万事到头都是梦，休休。"（《南乡子》）"古今如梦，何曾梦觉。"（《永遇乐》）苏轼"人生如梦"的人生观，既有对前代文学作品中"浮生若梦"思想的传承，又受到佛教"四大皆空"和道家"人生如寄"思想的影响，包蕴着一定悲观消极的成分；但随着他人生体验的逐渐老熟，加之自身对于人生的覃思精虑，其词中的"人生如梦"，却已非人云亦云的简单抄袭或沿用，而是蕴含了更加深刻和丰富内容。一方面，正因人生如旋生旋灭的梦境，故不必过分认真执着，更不必为"身外之物"而汲汲于求；另一方面，即便"人生如梦"，毕竟"梦境"还有几十年光景，尽可能地享受"梦境"中的每一寸光阴亦势在必行。因此，始终保持一种超然离执的而又积极进取的态度笑对人生，便成了苏轼独特的人生景观。如《醉蓬莱·重九上君猷》："笑劳生一梦，羁旅三年，又还重九。华发萧萧，对荒园搔首。赖有多情，好饮无事，似古人贤守。岁岁登高，年年落帽，物华依旧。此会应须烂醉，仍把紫菊茱萸，细看重嗅。摇落霜风，有手栽双柳。来岁今朝，为我西顾，酹羽觞江口。会与州人，饮公遗爱，一江醇酎。"人生固然苦难，但有好花美酒，有知交故友，即使华发萧萧、大醉酩酊，"仍把紫菊茱萸，细看重嗅"，充分体现了作者旷达洒脱的个性风貌，和优哉游哉、从容不迫的人生态度。有时候，这种对人生的彻悟又表现为洒脱通达的自嘲："不独笑书生争底事，曹公黄祖俱飘忽。"（《满江红》）"故国神游，多情应笑我，早生华发。人生如梦，一尊还酹江月。"（《念奴娇·赤壁怀古》）"投笔将军因笑我，迂腐，帕首腰刀是丈夫。"（《南乡子》）洞悉世事的睿智与难得糊涂的达观水乳交融，相得益彰。

苏轼词中的"笑"，还表现为他善于变换角度看问题的智慧。请读《少年游》："常羡人间琢玉郎，天应乞与点酥娘。尽道清歌传皓齿，风起，雪飞炎海变清凉。万里归来颜愈少，微笑，笑时犹带岭梅香。试问岭南应不好，却道，此心安处是吾乡。"此词为王定国侍姜柔娘而作。王定国因罪被贬岭南，柔娘陪伴身边五年始得返，容颜非但不显苍老憔悴，反而愈加美丽年轻。面对词人的惊诧，她微笑着给出了"此心安处是吾乡"的回答。看似轻快风趣的对话中，蕴涵着转换心态看问题、退一步海阔天空的深刻人生智慧。林语堂在《苏东坡传》序言中这样评价苏轼："他（指苏轼）的一生是载歌载舞，深得其乐，忧患来临，一笑置之。……他的这种魔力也就是使无数中国的读书人对他所倾倒、所爱慕的。"在林语堂看来，对于生活的"深得其乐"，以及"忧患来临，一笑置之"的人生智慧，玉成了苏轼那执著于人生却又超然物外的生命范式，也使其成为"无数中国的读书人"倾慕和仰视的人生标杆。在汲取前贤人生智慧，同时结合个人生活经验的基础上，苏轼越挫越勇，不断完善自己的人生，从容不迫地完成了从体验苦难、反思苦难，再到超越苦难的人生涅槃。

由于人生经历、生活理念以及个性特征等因素的差异，苏轼的追随者词中使用"笑"的频率既多寡不一，情感内涵也千差万别，比如黄庭坚，他的性格遭遇乃至才学与苏轼皆有诸多相似之处，其词中使用的"35"个"笑"，也尽多表现名士风流和老而弥坚的壮志。如："中秋无雨，醉送月衔西岭去。笑口须开，几度中秋见月来。"（《减字木兰花》）"莫笑老翁犹气岸，君看，几人黄菊上华颠。戏马台南追两谢，驰射，风流犹拍古人肩。"（《定风波》）"几回笑口能开。少年不肯重来。借问牛山戏马，今为谁姓池台。"（《清平乐》）等等。但因人生境界、个人眼界、视野、才力等方面的差异，黄庭坚词中的"笑"虽看似洒脱，却往往有强颜欢笑、故作镇定通达的意味，与苏轼超旷达观之笑略有不同。又如秦观，虽名列"苏门四学士"之一，但其词走"本色"路线，被视为"本色"词典范，其词中的25个"笑"字，多用助佳人情态，与个人生活情志呈疏离态势。

# 三、笑语十分愁一半：英雄情怀

"靖康之难"以后，面对国事危殆、山河沦丧的社会现实，各方面的力量迅速汇聚起来，集结成一股爱国主义的洪流。在这股爱国浪潮的催动之下，南宋士人的责任感和使命感普遍高涨，一向与政治生活"绝缘"的词，也同国家民族的命运结合起来，最能表现这一时期时代风貌和审美特质的词人，当属辛弃疾。在《全宋词》收录的626首辛词中，有184首词使用了笑字，约占总数的29%，使用频率明显高于《全宋词》的平均数。叶嘉莹先生谓稼轩词有"一本万殊"之质，这通过其词所描绘的笑之丰富内涵亦可窥一斑。稼轩词中的"笑"种类繁多、不一而同，有"欲笑、小笑、浅笑、晒笑、欢笑、语笑、大笑、深笑、惊笑、偷笑、痴笑、悲笑、病笑、自笑、相笑、顾笑、陪笑、谈笑"等多种形式。林林种种的"笑"不但涵盖了悲与喜、爱与恨等人类较为极端的情绪，而且还包括了愉悦、豪迈、奔放、傲慢、孤独、苦痛、无奈、失落、自嘲、诙谐、谑浪等多重情感内容。与东坡超旷而平和的名士之"笑"不同，稼轩之笑更加多义难解，充满了失意英雄之欲诉还休的复杂人生况味。概而言之，稼轩词笑的情感内蕴较为集中地表现在其傲岸的英雄情怀和失意的人生体验两个方面。

## （一）充满"舍我其谁"的使命感和强烈事业心的英雄之笑

辛弃疾并非传统意义上的文人，而是一位具有雄才大略，能够股肱王室、经纶天下的栋梁之材。他二十二岁就加入耿京义军共图恢复，并最终率军回归南宋；入宋后，又献《美芹十论》和《九议》进言北伐复国大计，表现出卓越的战略眼光和军事才能；在地方官任上，他整肃当地军队，有计划地招兵买马、演武练兵，同时，他宽赋税、赈灾荒、招流散，以严刑治荒政，使一方百姓得以安居乐业。由此，陆游谓其与"管仲萧何实流亚"（陆游《剑南诗稿》卷五十七《送辛幼安殿撰造朝》），姜夔称其为"前身诸葛"（姜夔《永遇乐·次稼轩北固楼词韵》），其门人范开在《稼轩词序》中更进一步指出："公一世之豪，以气节自负，以功业自许，方将敛藏其用以事清旷，果何意于歌词哉？直陶写之具耳。"正因如此，稼轩词"多抚时感事之作，磊落英多，绝不作妮子态"（毛晋《稼轩词跋》），而其词中"笑"的情感内涵，亦远非前代歌词中普泛化的男欢女爱、相思恨别所能牢笼，而是全面立体地展示出一位以国事为己任，把恢复中原、克复神州作为自己毕生事业和追求的英雄，其独特的人生态度、傲岸的英雄气概，以及丰富多彩的内心世界和情感体验。

作为一位文武兼备的英雄，稼轩词中当然也不乏诗酒风流的文人情怀，如"谪仙人，鸥鸟伴，两忘机。掀髯把酒一笑，诗在片帆西。寄语烟波旧侣，闻道莼鲈正美，休制芰荷衣。"（《水调歌头》）"竹树前溪风月，鸡酒东家父老，一笑偶相逢。此乐竟谁觉，天外有冥鸿。"（《水调歌头》）等等，以诗酒间的恬然一笑表现愉悦闲适的心情。但是，辛弃疾绝非传统意义上的士大夫，更是一位驰骋沙场、叱咤风云的真英雄。因此，无论描写金戈铁马的军旅生涯，还是抒发昂然激愤的抗金报国情怀，亦或表现他对历史、现实及社会人生的反思，或是抒写归隐意趣的田园主题，稼轩词都往往充溢着强烈的力度和磅礴的气势，以黄钟大吕之音在词坛上异军突起，展现出当时词坛乃至整个词史上都罕有的阳刚之气和英雄本色。比如"三万卷，龙韬客。浑未得，文章力。把诗书马上，笑驱锋镝。"（《满江红》）"鹏翼垂空，笑人世、苍然无物。还又向、九重深处，玉阶山立。袖里珍奇光五色，他年要补天西北。且归来、谈笑护长江，波澄碧。"（《满江红》）以豪迈奔放的笔调，表现对军旅生活的向往和热爱，以及面对鏖战厮杀、疆场血火的居高临下、镇定自若的大将风度。

又如其与爱国志士陈亮互相唱和的《贺新郎》：

老大犹堪说。似而今、元龙臭味，孟公瓜葛。我病君来高歌饮，惊散楼头飞雪。笑富贵、千钧如发。硬语盘空谁来听，记当时、只有西窗月。重进酒，唤鸣瑟。

事无两样人心别。问渠侬、神州毕竟，几番离合。汗血盐车无人顾，千里空收骏骨。正目断、关河路绝。我最怜君中宵舞，道男儿、到死心如铁。看试手，补天裂。

作者用凌云健笔抒发对南宋统治集团的强烈批判，以及与志同道合的友人携手抗战到底的决心。全词基调虽慷慨悲凉，抗战志士火一样的热情和刚直狂放的英雄气概却喷薄而出，力透纸背。

再如其另一首著名的《贺新郎》：

邑中园亭，仆皆为赋此词。一日，独坐停云，水声山色，竞来相娱。意溪山欲援例者，遂作数语，庶几仿佛渊明思亲友之意云。

甚矣吾衰矣。怅平生、交游零落，只今馀几。白发空垂三千丈，一笑人间万事。问何物、能令公喜。我见青山多妩媚，料青山、见我应如是。情与貌，略相似。

一尊搔首东窗里。想渊明、停云诗就，此时风味。江左沈酣求名者，岂识浊醪妙理。回首叫、云飞风起。不恨古人吾不见，恨古人、不见吾狂耳。知我者，二三子。

从开篇的白发空垂、愁思暗悬，到"一笑人间万事"的自我开解，词人似已超然洒脱、与世无争。而"回首叫、云飞风起"却风云突转，意境大开，与生俱来的豪雄之气冲溢而出，一位襟怀磊落、坦荡不羁的英雄形象跃然纸上，全词的格调也完成了由悲慨转为沉静，再转为高亢，不断升华。

《词苑丛谈》卷四引清代黄梨庄语曰："辛稼轩当弱宋末造，负管、乐之才，不能尽展其用。一腔忠愤，无处发泄，观其与陈同父抵掌谈论，是何等人物！故其悲歌慷慨、抑郁无聊之气，一寄于词……予谓有稼轩之心胸，始可为稼轩之词。"陈廷焯《白雨斋词话》卷一云："稼轩词仿佛魏武诗，自是有大本领大作用人语"，都指出辛弃疾词浓烈的、无处不在的英雄主义色彩。这种强烈的英雄意识通过各种形式的"笑"展现出来，使词作更加淋漓豪壮，充溢着不可遏抑的、摧枯拉朽的生命激情。

## (二)悲愤无奈的人生失意之笑

舍身报国、恢复中原是辛弃疾毕生的奋斗目标,然而,人生理想越是崇高,信念越是坚定,其报国无门、壮志难酬的现实落差给词人心灵留下的创伤和苦痛就愈发深重。因此,稼轩词中除了贯注着壮志激荡、永不言败的英雄气概之外,又常常流走着英雄失志的悲慨和凄凉之情。而以笑写哭,既是辛弃疾面对现实的冷遇和无奈,因无力改变现状,转而以自嘲、自我否定的方式故作通达的另类自我开解,也是他执着于人生理想和信念,明知不可而为之的最深沉、最严肃的情感表达。

辛弃疾南归以后屡遭排挤打击,朝廷对他时用时弃,四十多年时间大半居家赋闲。而即使在断断续续被任用的十多年里,又有二十余次频繁调动。面对报国无门、英雄无用武之地,以致于两鬓斑白、一事无成的人生际遇,词人往往报之以自嘲、悲慨之笑,如:"千古怀篙人去,还笑我、身在楚尾吴头。看取弓刀,陌上车马如流。"(《声声慢》)"笑吾庐,门掩草,径封苔。未应两手无用,要把蟹螯杯。说剑论诗余事,醉舞狂歌欲倒,老子颇堪哀。白发宁有种,一一醒时栽。"(《水调歌头》)"折尽武昌柳,挂席上潇湘。二年鱼鸟江上,笑我往来忙。富贵何时休问,离别中年堪恨,憔悴鬓成霜。丝竹陶写耳,急羽且飞觞。"(《水调歌头》)"破青萍,排翠藻,立苍苔。窥鱼笑汝痴计,不解举吾杯。废沼荒丘畴昔。明月清风此夜,人世几欢哀。东岸绿阴少,杨柳更须栽。"(《水调歌头》)在这里,笑的情感内涵比哭更加丰富,强颜欢笑背后隐藏着无法解脱也无法释怀的深重苦难,而英雄无奈、无为、无力的悲哀以举重若轻的形式投射出来,往往比直接发泄痛苦更具震撼人心的悲剧力量。

与其他文人抒发的悲感不同,稼轩词的悲愤中又蕴含着百折不屈、虽九死其而未悔的拗怒之势,以及淡笔写浓情的火热衷肠。比如:"我笑共工缘底怒。触断峨峨天一柱。补天又笑女娲忙,却将此石投闲处。野烟荒草路。先生柱杖来看汝。倚苍苔,摩挲试问,千古几风雨。"(《归朝欢·题晋臣敷文积翠岩》）怒触不周山的共工，炼五色石以补苍天的女娲，何尝不是意欲"看试手，补天裂"的词人自画像？因此，无论如何以笑故作通达开解语，如"遇合。事难托。莫系磬门前，荷蒉人过，仰天大笑冠簪落。待说与穷达，不须疑著。古来贤者，进亦乐，退亦乐。"（《兰陵王》）"随巧拙，任浮沈。人无同处面如心。不妨旧事从头记，要写行藏入笑林。"（《鹧鸪天》）"世间喜愠更何其，笑先生三仕三已。"（《哨遍》）词人志在苍生社稷的赤子之心和难以遏抑的激情始终奔腾涌动，成为作品中黯淡的背景下永远无法遮掩的一抹亮色。

论及稼轩词的影响，陈洵《海绡说词》云："南宋诸家鲜不为稼轩牢笼者。"在南宋特定的历史条件下，稼轩词"牢笼"了当时和后来的一大批爱国词人。在他们笔下，词中原来的风花雪月、你侬我侬变而为金戈铁马、英雄豪情；原来的金玉锦绣、精雕细琢变而为凄清悲慨、雄浑苍凉，原来"男子而作闺音"的一片雌声，加入了男子汉粗豪阳刚的呐喊……无论题材内容、表现形式还是艺术风格，词体较原来都有了较大的改变和突破。由此，则词中"笑"的情感内蕴也扩展到家国大事、疆场血火、社会人生。如："露沾草，风落木，岁方秋。使君宏放，谈笑洗尽古今愁。不见襄阳登览，磨灭游人无数，遗恨黯难收。叔子独千载，名与汉江流。"（陆游《水调歌头》）"因笑王谢诸人，登高怀远，也学英雄涕。凭却长江管不到，河洛腥膻无际。正好长驱，不须反顾，寻取中流誓。小儿破贼，势成宁问疆场。"（陈亮《念奴娇》）"弹铗西来路。记匆匆、经行十日，几番风雨。梦里寻秋秋不见，秋在平芜远树。雁信落、家山何处。万里西风吹客鬓，把菱花、自笑人如许。留不住，少年去。"（刘过《贺新郎》）但是，必须指出的是，由于过分强调政治功利性，加之本身并不具备辛弃疾的才学和胸襟，稼轩末流难免流于粗率，将南宋爱国词的后继发展导入歧路。

笑与哭，是人类自然情感流露中较为激烈的表现形式，它们不但作为日常生活中的普泛行为为人们所熟知，也普遍存在于古今中外各类艺术创作和文学作品中。就唐宋词的情感表达而言，由于社会背景、时代风气、审美趣味、文体风格、消费需求等多方面原因，悲多于喜、哭多于笑的现象显而易见。然而，作为词中的重要情感表达形式，一方面，"笑"所蕴含的情感内蕴丰富多彩，为读者提供了悲伤色彩之外的另一种审美感受，而且，在某些情况下，以笑写哭的表现方式，往往比哭泣本身更能产生打动人心的艺术效果；另一方面，随着时代社会的变迁，以及士风嬗变、词体演进等多重因素的影响，唐宋词中"笑"的情感内蕴也经历了一个从平面到纵深、不断发展和诗意提升的过程，值得探究。

（原载于《宁夏师范学院学报》2019 年第 3 期）

# 唐宋词中的"表情书写"及其审美指向

    唐宋词对于眉、眼、唇的"表情书写"，虽然有符号化和类型化的趋势，并由此呈现出符合词体特征的悲情化、香艳化审美指向，但随着士风嬗变、词体演进等多重因素的影响，其所蕴含情感内蕴也经历了一个从平面到纵深、不断发展和诗意提升的过程。并且，唐宋词中对于人物面部表情描写具体化、细致化的处理，较之于诗文的整体美、朦胧美，更具有打动人心的艺术效果。

面部表情是人类表达情感和传递信息的重要途径，是人们心理活动的外在表征。医学实验证明，人类的面部由44块肌肉组成，可以做出7000种以上不同的独特表情。大体而言，所有表情可以归结为七类，分别是快乐（Happiness）、悲伤（Sadness）、愤怒（Anger）、厌恶（Disguts）、惊奇（Surprise）、恐惧（fear）、轻蔑（Contempt）。①

法国作家、社会活动家罗曼·罗兰说："面部表情是多少世纪培养成功的语言，是比嘴里讲的更复杂千百倍的语言。"由此可见面部表情在情感表达中的重要性和特殊性。面部表情变化不但在日常生活中为人们所熟知，对于人物面部的"表情书写"也普遍存在于古今中外的各类文艺作品中。作为以摹写人物细腻的情绪波动和幽微的心理变化见长的"心绪文学"，唐宋词中对人物面部的"表情书写"既有对前代文学的传承，表现出与其他文学样式的一致性和趋同性，又在一定程度上凸显出词体的个性特征。与此相对应，其审美特征也由此呈现出不同于其他文体的独特指向。

# 一、唐宋词中的"表情书写"

中国历代文学作品中，不乏对人物面部的"表情书写"。如《诗经·卫风·硕人》中："蝤首蛾眉，巧笑倩兮，美目盼兮。"《广韵·霰韵》："倩，巧笑貌。"《说文》："盼，目黑白分也。"在着力刻画卫庄公夫人庄姜惊人美貌的同时，画龙点睛地写出了伊人美目流转，巧笑嫣然的面部表情。《楚辞》中的"表情书写"更加细腻生动："蛾眉曼睩，目腾光些。……美人既醉，朱颜酡些。娭光眇视，目曾波些。"（《招魂》）王逸注曰："蛾眉玉白，好目曼泽，时睩睩然视，精光腾驰，惊惑人心也。"美人蛾眉纤秀，眼波流动，表情妩媚撩人，丰富而生动。"既含睇兮又宜笑，子慕予兮善窈窕。"（《山

① Porter, S.L. & Ten Brinke: Reading between the lies: Identifying concealed and falsified emotions in universal facial expressions. Psychological Science, 2008(5):508-514.

鬼》）细致地写出山鬼温柔可爱、娇艳美好的形貌，以及含情脉脉，嫣然一笑的面部表情。又如西汉李延年《北方有佳人》歌曰："北方有佳人，绝世而独立。一顾倾人城，再顾倾人国。宁不知倾城与倾国，佳人难再得。"通过虚灵之笔，将佳人"一顾""再顾"的魅力展现无遗。唐诗中对人物面部的"表情书写"更加丰富多彩："笑入荷花去，佯羞不出来。"（李白《越女词》）"回眸一笑百媚生，六宫粉黛无颜色。"（白居易《长恨歌》）"凤侧鸾欹鬓脚斜，红攒黛敛眉心折。"（韦庄《秦妇吟》）或表现少女天真而娇羞的神情，或摹写皇妃颠倒众生的妩媚之态，又或写出了主人公历尽沧桑的却仍向往美好生活的憔悴美。

关于词体的特征，王国维先生说："词之为体，要眇宜修，能言诗之所不能言，而不能尽言诗之所能言。诗之境阔，词之言长。"（《人间词话》删稿）由于题材狭窄，唐宋词对于情感的摹写较之其他文体愈发幽婉深细，呈现出"要眇宜修"的特征。而词中人物面部的"表情书写"，其作为情感传达的重要形式，表现为具有趋同性和普泛化的"表情符号"，主要有眉、眼、唇。

## （一）眉

眉毛作为人类面部的重要组成部分，不仅决定容颜的美丑，而且与人的情感起伏、心绪变化密切相关。比如，当人愁肠百结、忧思重重时，眉毛会皱起；当人开心或愤怒时，眉毛会上扬；而心有疑虑时，人的眉毛往往会斜挑并呈高低状。

中国古代文学作品中对女性眉毛和眉妆之描写和关注由来已久，《诗·卫风·硕人》始曰"螓首蛾眉"，这种又细又长的"蛾眉"式样，深受当时及后世女性的喜爱，不但成为她们的基本眉式，也成为历代美女的代称。随着时代的进步和生活水平的提高，女性对妆眉行为的崇尚和迷恋日益高涨，比如，汉武帝时期宫中流行的"八字眉"，据传为卓文君所创的"远山眉"，曹操钟情的"连头眉"，以及隋唐时期"广眉""桂叶眉""却月眉""月棱

眉""拂云眉""柳叶眉"等花样翻新、异彩纷呈的眉型眉式。而出于对女性
缱绻、连娟之眉的迷恋，唐元宗还使画工做"十眉图"，为女性描眉施黛提
供范本。宋人又在"十眉图"的基础上加以扩展，开发出更为丰富的"百眉
图"，至此，中国的妆眉艺术已臻完备。

　　唐宋词中对眉毛和眉妆的描写比比皆是，称呼也多种多样。有依据眉形
眉式而称，如"远山眉"："罗裙薄薄秋波染，眉间画得山两点。"（魏成班
《菩萨蛮》）"青螺添远山。两娇靥、笑时圆。"（张先《庆金枝》）"清晨帘
幕卷轻霜。呵手试梅妆。都缘自有离恨，故画作远山长。"（欧阳修《诉衷
情·眉意》）如"桂叶眉""柳叶眉""月眉"："梅蕊新妆桂叶眉。小莲风
韵出瑶池。"（晏几道《鹧鸪天》）"柳叶随歌皱，梨花与泪倾。"（黄庭坚
《南歌子》）"有客尊前曾得见，月眉云鬘娟娟。"（王炎《临江仙》）等等。
由于古代女性用统称为"黛"的黑色颜料画眉，这些颜料由矿物类的石黑、
石青，或者植物类的蓼蓝、落蓝等提取，它们因颜色深浅不同衍生出"青"
"翠""绿"等不同的色彩，故而唐宋词中眉的别称甚多：黛、眉黛、眉翠、
黛眉、蛾眉、翠黛、翠眉、翠蛾、黛蛾，等等，皆为所指。

　　唐宋词中对眉的摹写有静有动，静态的眉妆往往是美丽的装饰，以点代
面地暗示佳人的绝世风华，如"黛眉长，檀口小。耳畔向人轻道。"（张先
《更漏子》）"脸霞轻，眉翠重。欲舞钗钿摇动。"（晏殊《喜迁莺》）"翠黛
随妆浅，铢衣称体香。"（程垓《望秦川》）"韵胜江梅，笑杏俗桃粗，空眩
妖艳。尽屏铅华，天赋翠眉丹脸。"（姜夔《玲珑四犯》）等等。而动态的眉
则作为"表情书写"，寓含着主人公的喜怒哀乐。唐宋词中关于眉的动态描
写有很多种，比如，颦眉。颦，即皱眉，《红楼梦》第三回，宝玉与黛玉初
次见面时为其取字"颦颦"，并说："《古今人物通考》上说：'西方有石名
黛，可代画眉之墨。'况这林妹妹眉尖若蹙，用取这两个字，岂不两妙！"颦
眉是唐宋词中最为常见的表情符号之一，如："应是西施娇困也，眉黛双
颦。"（柳永《浪淘沙令》）"淡淡梳妆薄薄衣。天仙模样好容仪。旧欢前事
入颦眉。"（晏殊《浣溪沙》）"翠眉饶似远山长，寄与此愁颦不尽。"（晏几

道《玉楼春》）再比如，蹙眉，也即皱眉。"十五六，脱罗裳，长恁黛眉蹙。"（欧阳修《忆秦娥》）"酒醒霞散脸边红，梦回山蹙眉间翠。"（谢逸《蝶恋花》）"为寄相思细字，教字字、愁蹙眉头。"（赵令畤《满庭芳》）此外，类似的动作还有锁眉、敛眉、低眉、攒眉、横眉等等，如"依旧桃花面，频低柳叶眉。"（韦庄《女冠子》）"蓦然旧事上心来，无言敛皱眉山翠。"（欧阳修《踏莎行》）"屏曲未曾歌醉梦，眉尖空只锁闲愁。"（陈三聘《浣溪沙》）"柳陌记年时。行云音信杳、与心违。空教攒恨入双眉。"（赵长卿《小重山》）"绣裙斜立腰肢困。翠黛萦新恨。"（陈克《虞美人》）"但翠黛愁横，红铅泪洗。"（洪茶《齐天乐·闺思》）当然，也有展眉、舒眉，如"为甚年年，眉向东风展。"（赵长卿《点绛唇·早春》）"遇当歌临酒，舒眉展眼，且随缘分。"（赵长卿《水龙吟·自遣》）"从今怀袖里，不暂相离，似笑如颦任舒卷。"（高观国《洞仙歌》）"只应明月照心期，一向舒眉。"（孙居敬《风入松》）等等。

眉宇间自有大宇宙，一动一静、一颦一蹙之间，人物的情绪波动和内心情感变化已隐约可见。当然，唐宋词中关于眉的"表情书写"虽然较为密集，但大抵不离男女相思和闺怨主题，有其模式化的语言和含义，呈现出符号化和普泛化的特征。

## （二）眼

眼睛是面部情感表达最重要的器官之一，是人类心灵的窗口，眼睛的变化也是人物内心世界情感外化的重要表征。一般而言，眼睛直视对方表示庄重，向上仰视表示景仰和尊重，斜视意味着不屑和轻蔑，向下看则代表羞涩。不仅如此，眼部造型的变化也能传递丰富的情感，比如开心时眼角下弯，愤怒时二目圆睁，惆怅悲伤时两眼空洞无神，醉酒时眼光迷离，困倦时眼神朦胧，看到心上人时眼波流转，等等。

在唐宋词对于人物面部的"表情书写"中，眼部表情描写最多，不仅表现形式和状态多样，而且往往丰富传神，给人留下深刻印象。比如，表现人物当前存在状态的醉眼、病眼、老眼、客眼、睡眼："睡起夕阳迷醉眼。新愁长向东风乱。"（欧阳修《蝶恋花》）"病眼冲寒，欲闭又还开。近水人家篱落畔，遥认得，一枝梅。"（李弥逊《江神子》）"吾曹镜中看取，且狂歌载酒古扬州。休把霜髯老眼，等闲清泪空流。"（朱敦儒《木兰花慢》）"客眼看花，归心对酒，番成萧索。"（赵长卿《赏郡团芍药》）"睡眼青阴欲午。当户小风轻暑。"（刘辰翁《如梦令》）反映人物情绪变化的泪眼、惊眼、冷眼、笑眼、愁眼："执手相看泪眼，竟无语凝噎。"（柳永《雨霖铃》）"灯前初见。冰玉玲珑惊眼眩。"（袁去华《减字木兰花》）"黄花白发相牵挽，付与时人冷眼看。"（黄庭坚《鹧鸪天》）"一样归心，又唤起、故园愁眼。"（周密《三姝媚》）"记凝妆倚扇，笑眼窥帘，曾款芳尊。"（张炎《忆旧游》）还有强调眼部动作的回波、望眼、回眸、凝眸、横波："脚上鞋儿四寸罗。唇边朱粉一樱多。见人无语但回波。"（秦观《浣溪沙》）"莫上孤峰尽处，萦望眼、云海相搀。"（苏轼《满庭芳》）"南楼何处，愁人在、横笛一声中。凝望眼、立尽西风。"（杨景《婆罗门外》）"转蕙光风香暗度。回眸绰约神仙侣。"（张纲《凤栖梧》）"记取楼前绿水，应念我、终日凝眸。凝眸处，从今更数，几段新愁。"（李清照《凤凰台上忆吹箫》）"稳小弓鞋三寸罗。歌唇清韵一樱多。灯前秀艳总横波。"（赵令畤《浣溪沙》）还有借用晋代阮籍青白眼典故，表现人物态度的"青眼""白眼"："把麾，鄞水上，相看青眼，谁复如公。"（史浩《满庭芳》）"径醉双股直，白眼视庸流。"（黄机《水调歌头》）此外，又有带着主观意向的"诗眼""意眼""狂眼""无情眼"："秋后花窠，放两枝三朵，来通芳信。诗眼惊观，谓是春光倒运。"（程大昌《万年欢》）"玉腕蛾眉，意眼频频盱。"（赵长卿《点绛唇》）"休笑放慵狂眼，看闲坊深院，多少婵娟。"（陆游《汉宫春》）"新来句引无情眼，拚为东风一饷忙。"（赵长卿《鹧鸪天》），等等。

当然，唐宋词中最常见的，也是最为词人所关注的眼部表情，是佳人们含情脉脉的秋水、秋波、横波、娇眼、星眼、美目、星眸："倾城巧笑如花面。恣雅态、明眸回美盼。"(柳永《洞仙歌》)"藓华浓,山翠浅。一寸秋波如剪。"(晏殊《更漏子》)"欲上征鞍,更掩翠帘相眄。惜弯弯浅黛长长眼。"(张先《卜算子》)"萦损柔肠,困酣娇眼,欲开还闭。"(苏轼《水龙吟》)"吴姬绰约开金盏。的的娇波流美盼。秋风一曲采菱歌,行云不度人肠断。"(郑仅《调笑转踏》)"个人风韵天然俏。入鬓秋波常似笑。一弯月样黛眉低,四寸鞋儿莲步小。"(欧阳澈《玉楼春》)等等,真可谓风情万种、仪态万方,令人意乱情迷。尤其值得一提的是,唐宋词对女性眼部动作的描摹,其动词的运用恰到好处,使读者仿佛身临其境,回味无穷。常用的动词如顾、盼、眄、横、斜、窥等:"不语凝情,教人唤得回头,斜盼未知何意。百态生珠翠。"(晁补之《斗百花》)"斜窥秋水长,软语春莺近。"(向子諲《生查子·赠陈宋邻》)"醉笑眼波横一寸,微微酒色生红晕。"(吕渭老《蝶恋花》)"玉趾弯弯一折弓,秋波剪碧滟双瞳,浅颦轻笑意无穷。"(蔡伸《浣溪沙》)"半醉依人秋水、欲斜倾。"(邓肃《南歌子》)"争敢望、白雪新声,唯啜得、秋波一眄。"(杨无咎《两同心》)等等。

作为唐宋词中"表情书写"的重要符号,眼部表情描写在词中可谓出镜率颇高。虽然契合唐宋词一贯的表达技巧,表现得较为含蓄,点到为止,呈现出碎片化和模糊化的特征,然而往往能够一字千金,对整首词起到画龙点睛的重要作用。

## (三)口、面部及其他

唐宋词中的"表情书写",除了着重摹写的"眉""眼"之外,尚有对口,如朱唇、樱唇、檀口、樱口、笑口,以及笑靥、羞态等面部器官和面部表情的描写。

檀口樱唇或用来妆点佳人的美貌:"朱唇箸点,更髻鬟生彩。这些个,千生万生只在。"(苏轼《殢人娇》)"铅华淡薄,轻匀桃脸,深注樱唇。"(赵师侠《朝中措》);或写歌伎唱词的生动场面:"歌翻檀口朱樱小,拍弄红牙玉笋纤。"(赵福元《鹧鸪天》)"多娇爱学秋来曲,微颤朱唇。别后销魂。字底依稀记指痕。"(黄机《丑奴儿》);或者摹写女子笑态:"绣床斜凭娇无那,烂嚼红茸,笑向檀郎唾。"(李煜《一斛珠》)"娇多爱把齐纨扇,和笑掩朱唇。"(柳永《少年游》)值得关注的是,唐宋词中的"笑口",与其他诸多口部"表情书写"不同,有其特别的角色和内涵设定。一方面,唐宋词中开"笑口"的清一色是男性,另一方面,"笑口"开处,一扫曲子词绮靡纤弱之态,转而为或超旷豁达,或清健雄壮的阳刚之气。比如:"不道频开笑口,年年落帽何妨。"(京镗《木兰花慢·重九》)"莫厌笑口频开,少年行乐事,转头胡越。"(石孝友《念奴娇》)"聊把繁华开笑口,须臾雨送风般。"(魏了翁《临江仙》)"我亦归来岩壑,正不妨散诞,笑口频开。"(吴潜《八声甘州》)"白头共开笑口,看试妆满插,云髻双丫。"(张炎《瑶台聚八仙》)等等,洞悉世事的睿智与难得糊涂的达观水乳交融,相得益彰。

此外,唐宋词中还有诸如笑靥、羞态等面部表情描写。笑靥,笑时脸上露出的酒窝,也指笑脸,这是唐宋词中女性最常见的笑貌笑态:"凤凋碧柳愁眉淡,露染黄花笑靥深。"(晏几道《鹧鸪天》)"娇羞未惯。长是低花面。笑里爱将红袖掩。遮却双双笑靥。"(晁端礼《清平乐》)"娇口化道字歌声软。醉后微涡回笑靥。"(谢逸《玉楼春》)等等。出于男性视角的审美需要,唐宋词还特别擅长摹写女子羞赧的神态表情:"见羞容敛翠,嫩脸匀红,素腰袅娜。"(欧阳修《醉蓬莱》)"那日绣帘相见处。低眼佯行,笑整香云缕。敛尽春山羞不语。人前深意难轻诉。"(苏轼《蝶恋花》)"香靥凝羞一笑开。柳腰如醉肯相挨。日长春困下楼台。"(秦观《浣溪沙》)等等。寥寥数语,各种千娇百媚、含羞带怯女性形象跃然纸上,惹人心生怜爱。

同时,唐宋词中的"表情书写",虽然以佳人、美人的愁眉泪眼、轻颦浅笑为主,却也不乏文人壮士的"自画像"和自我情感抒写。比如:"小舟横截春江,卧看翠壁红楼起。云间笑语,使君高会,佳人半醉。"(苏轼《水龙吟》)"中秋无雨,醉送月衔西岭去。笑口须开,几度中秋见月来。"(黄庭坚《减字木兰花》)"遇合。事难托。莫系磬门前,荷蒉人过,仰天大笑冠簪落。待说与穷达，不须疑著。古来贤者，进亦乐，退亦乐。"（辛弃疾《兰陵王》）"怒发冲冠，凭栏处，潇潇雨歇。抬望眼，仰天长啸，壮怀激烈。"（岳飞《满江红》）等等。由此可见，与女性柔婉妩媚的面部表情，及其传达的"温柔敦厚""怨而不怒"的情感不同，文士豪客直抒胸臆的"表情书写"和情感表达比较激烈，往往以名士风流的超旷一"笑"、或者傲岸英雄的慨然一"笑"，亦或以天下为己任的冲冠之怒为主，对主观意愿和情感的传达占主流地位。

# 二、唐宋词中"表情书写"的审美指向

词体"别是一家"的文体特征，决定了唐宋词对人物面部之"表情书写"的选择性和"书写"倾向，也由此呈现出不同于诗文的独特的审美指向。大致而言，唐宋词中"表情书写"的审美指向主要表现在以下两个方面：

## （一）悲情美

法国浪漫主义诗人缪塞说："最优美的诗篇，是最绝望的，有的不朽的篇章浸满了眼泪。"不可否认，唐宋词正是这样一些"浸满了眼泪"的"不朽的篇章"，也是最擅长抒写悲情的文体之一。一方面，唐宋词继承和发扬了传统文化"生于忧患而死于安乐"的心理和"诗穷而后工"的文学传统，而社会苦难和个人失意的影响进一步强化了这种"忧患意识"；另一方面，"夫词多发于临远送归，故不胜缠绵悱恻。即当歌对酒，而乐极哀来，扪心渺渺，阁泪盈盈，其情最真，其体亦最正矣"（谢章铤《赌棋山庄词话》）。曲子词送别伤离和才子佳人酒边花前的创作环境，以及其要眇宜修的抒情特点，凡此种种，共同促成了唐宋词多愁善感的特质和以悲为美的审美指向。正所谓："（词）其写景也，忽发离别之悲，咏物也，全寓弃捐之恨。无其

事，有其情，令读者魂绝色飞，所谓情生于文也。"（田同之《西圃词说》）
更有甚者，将"词工"的原因归结于词善"言愁"，赵庆熹《花帘词序》云：
"无岁而无落花也，无处而无芳草也，无日而无夕阳明月也。然而古今之能
言落花芳草者几人，古今之能言夕阳明月者几人，则甚矣，写物之难、写愁
之难也。花帘主人工愁者也，词则善写愁者。……无端而愁，即无端其词。
落花也，芳草也，夕阳明月也，皆不必愁者也。不必愁而愁，斯视天下无非
可愁之物，斯主人之所以能愁，主人之词所以能工。"

由此，则唐宋词的"表情书写"中充满泪眼、愁眼、病眼、愁眉、低
眉、锁眉、颦眉、敛眉、攒眉、蹙眉之类浸满忧伤哀愁的"表情符号"，也
就不足为奇了。如写"愁眉"："两娥愁黛浅，故国吴宫远。"（温庭筠《菩
萨蛮》）"拟歌先敛，欲笑还颦，最断人肠。"（《诉衷情·眉意》）"凝睇
倚危楼，眼波长、眉峰不展。"（石孝友《蓦山溪》）"爱把绿眉都不展。无
言脉脉情何限。"（王采《蝶恋花》）写"泪眼"："泪眼倚楼频独语，双燕
来时，陌上相逢否？"（冯延巳《鹊踏枝》）"又记得临歧，泪眼湿、莲脸盈
盈。"（柳永《引驾行》）"镇泪眼廉纤。何时歌舞，再和池南。"（李之仪
《怨三三》·）"凭栏干，但有盈盈泪眼，罗襟揾。"（晁端礼《水龙吟》）又
如愁眉、泪眼一起写："愁锁黛眉容易惨，泪飘红脸粉难匀。"（阎选《八拍
蛮》）"离肠泪眼，肠断泪痕流不断。明月西楼，一曲栏干一倍愁。"（魏夫
人《减字木兰花》）"酒意诗情谁与共？泪融残粉花钿重。"（李清照《添字
采桑子》）等等。可以说，女性主人公愁眉不展、粉泪涟涟的表情，已经成
为唐宋词"表情书写"的固有模式和常态。此类表情是无疑男性作者喜欢看
到和希望看到的。

"男子而作闺音"的创作模式赋予男性词人以话语权，他们往往依据自
己的审美经验和审美理想来塑造女性形象。如此一来，则词中女性存在的意
义和价值在很大程度上就取决于男性对她们的生理需求和心理需求。女性不
但成为供男性娱乐玩赏的审美客体和欲望对象，必须按照男性的审美要求、
审美品位被臆想和创造，而且要迎合男权话语的社会规范，符合男性审美的

心理设定。唐宋词中的女性大都身处富丽华美之地，但在其金玉锦绣的背后，却深藏着哀怨凄婉的内核，她们在金丝编织的囚笼中转辗反侧、蹙眉垂泪、翘首苦盼，一寸相思一寸灰。男性词人却津津乐道地描摹着美丽女性的蹙眉和泪眼，饶有趣味地赏玩着她们因情而生的愁态、慵态、醉态和病态，肆无忌惮地吹嘘"她们"对"他"的相思煎熬，因"他"而生的爱恨情愁，以及对"他"的遥遥无期地守候和始终如一。在他们看来，被她们牵挂，被很多很多的她们苦苦等待是他的骄傲，是他炫耀的资本，因为，在传统伦理规范下，男子的冶游耽玩是被公然默许或提倡的，这就必然导致男性词人理所当然地要求女子竭力逢迎。"这些从骨子里被男权意识所浸透的男人们，通过对女性欲望的种种讲述，通过对那些让男人随意玩弄、抛弃，却又顶礼膜拜、大肆赞美的女性形象的塑造，道出了男权中心文化对女性和女性化的种种期待，同时告诉女性'什么才是男人喜欢的女性'，'什么才是男人眼中的女人味'。"①年轻貌美而又痴情柔弱，愁苦无依却怨而不怒，此类既能满足男性欲望，又能消除其恐惧的女性形象，带有强烈的虚构和理想化色彩，无疑是男作家们臆想出来的丧失了主体性，臣服于男权文化的臆造品和附属物。

## (二)香艳美

如前所述，唐宋词中的"表情书写"，其描写对象大抵是女性，词中充满了浓重的脂粉气息和浓郁的女性化情调，这与曲子词自身的文体特征密不可分。对此，沈义父《乐府指迷》云："作词与诗不同，纵是花卉之类，亦需略用情意，或要入闺房之意。"②王世贞《艺苑卮言》云："词须宛转绵丽，浅至儇俏，挟春月烟花于闺幨内奏之。"先著《词洁》亦云："词之初起，事不出于闺帏。"男性词人以激赏之眼，满怀热情地书写着各类令人目眩神迷的绝代佳人。唐宋词对美人容貌和表情的着意描摹，也由前代文学作

---

① 刘慧英：《90年代文学话语中的欲望对象化—对女性形象的肆意歪曲和践踏》，《中国女性文化》2000年第1期。

② 唐圭璋：《词话丛编》，中华书局2005年版，第281页。

品注重女性朦胧飘逸的整体美感，进而具体到身体的局部和与此相关的方方面面，这不但使词中女性美的内涵更加丰富，也进一步凸显出唐宋词旖旎迷离、风情无限的香艳美。

唐宋词的演唱者主要是女性歌妓。欧阳炯《花间集序》中就描述了佳人"举纤纤之玉指，按拍香檀"的唱词场面。王灼《碧鸡漫志》亦载："政和间，李方叔在阳翟，有携善讴老翁过之者。方叔戏作《品令》云：'歌唱须是玉人，檀口皓齿冰肤。意传心事，语娇声颤，字如贯珠。老翁虽是解歌，无奈雪鬓霜须。大家且道，是伊模样，怎如念奴？'"这些"娉婷秀媚，桃脸樱唇，玉指纤纤，秋波滴溜，歌喉婉转"的女性歌妓，当然是男性词人关注的焦点。她们既是唐宋词的主要传播者，是酒边尊前的装饰品和消费品，也作为男性创作者和男性受众窥淫愉悦的色情对象而存在。由此，其女性特征不断被强化，并以各种不同的姿态表情撩拨着男性内心深处最原始的情欲，迎合男性受众与普通观众的心理期待。唐宋词中对于女性的"表情书写"往往极具观赏性，充满了"看"的冲动。比如"多情更把，眼儿斜盼，眉儿敛黛。舞态歌阑，困偎香脸，酒红微带。便直饶、更有丹青妙手，应难写、天然态。"（欧阳修《鼓笛慢》）"靓妆艳态，娇波流盼，双履横涡半笑，尊前烛畔粉生光，更低唱、新翻转调。"（张元干《鹊桥仙》）"忆湘裙霞袖，杏脸樱唇。眉扫春山淡淡，眼裁秋水盈盈。"（吴礼之《雨中花》）词人以富有视觉冲击力的香艳画面，激发受众的无穷想像，一定程度上实现了读者真正"在场"的欲望，从而收到了"状物描情，每多意态，直如身履其地，眼见其人"（沈雄《古今词话》）的审美效果。

由于较少为道德感与伦理观念所束缚，且行为中掺杂了职业化、商业化的因素，歌伎们的媚态、娇态、艳态往往在一定程度上具有表演痕迹，"表情书写"之程式化、模式化的特征比较突出。

比如张先《踏莎行》：

波湛横眸，霞分腻脸。盈盈笑动笼香霭。有情未结凤楼欢，无憀爱把歌眉敛。

密意欲传，娇羞未敢。斜偎象板还偷睑。轻轻试问借人麽，佯佯不觑云鬟点。


词中歌女潋滟魅惑的眼波，接客时的盈盈笑靥，眼角眉梢似有还无的轻愁，以及被关注后的娇羞，与客人问答时的半推半就、欲拒还迎……其表情动作堪称唐宋词中女性"表情书写"的范本。其它如："一扇俄惊起。敛黛凝秋水。笑倩整金衣。问郎来几时。"（陈师道《菩萨蛮·佳人》）"秋水不胜情。盈盈横沁人。朱阑频徙倚。笑与花争媚。眉黛索重添。春醒意未堪。"（王之道《菩萨蛮》）"醉里秋波，梦中朝雨，都是醒时烦恼。料有牵情处，忍思量、耳边曾道。甚时跃马归来，认得迎门轻笑。"（时彦《青门饮·寄宠人》）"忆昔来时双鬌小，如今云鬟堆鸦。绿窗冉冉度年华。秋波娇殢酒，春笋惯分茶。"（史浩《临江仙》）等等。无论是秋波横斜、黛眉低蹙，还是笑整罗衣、倚栏轻笑，此类"表情"虽然较为"老套"，充满香艳的肉欲气息，呈现模式化、类型化的趋势，但却因迎合大众审美，蕴涵普泛化情感，因而具有令人"目迷神夺""深深陶醉"的艺术魅力。正如日本学者村上哲见所指出的那样："尽管（艳情词）主题如此庸俗，而且语汇陈腐，但是词中所展开的境界却洋溢着娇艳之美，具有诱人的不可思议的魅力。"[1]


普列汉诺夫说："艺术既表现人们的感情，也表现人们的思想，但并非抽象地表现，而是用生动的形象来表现，这就是艺术的主要特点。"[2]唐宋词对于人物面部的"表情书写"，正是用形象生动、具体而微的描摹，表现人物幽深婉曲、复杂多元的情感世界。由于社会背景、时代风气、审美趣味、文体风格、消费需求等多方面原因，唐宋词中的"表情书写"趋于类型化和模式化，情感也由此趋于普泛化，呈现出较为明显的符合词体文体特征和审

---

① 村上哲见:《唐五代北宋词研究》,杨铁婴译,陕西人民出版社1987年版,第105页。
② 普列汉诺夫:《论艺术》,上海三联书店1973年版,第4页。

美趣味的倾向，但随着时代社会的变迁，以及士风嬗变、词体演进等多重因素的影响，其所蕴含情感内蕴也经历了一个从平面到纵深、不断发展和诗意提升的过程；并且，唐宋词中对于人物面部表情描写具体化、细致化的处理，较之于诗文的整体美、朦胧美更具有打动人心的艺术效果，为读者提供了异样的审美新感受。

（原载于《福州大学学报（哲学社会科学版）》2019年第3期）

# 唐宋词中的疾病书写及其审美心理隐喻

　　唐宋词中普遍存在的悲观情绪，以及由此产生的普泛化的疾病书写，既有对中国传统文化心理和文学审美习惯的承续，又呈现出曲子词独特的文体特征。唐宋词人用疾病书写的极端方式诠释对生命的思考和眷注，有意将现实生活中的多重矛盾进行诗意化处理，强调悲剧情怀和忧患意识笼罩下的个人生命体验和个体情感心绪，从而达到抒情上的深微细腻与艺术上的唯美追求。

关于疾病，美国现代女作家苏珊·桑塔格在其《疾病的隐喻》一书中这样概括："每个降临世间的人都拥有双重公民身份，其一属于健康王国，另一则属于疾病王国。尽管我们都只乐于使用健康王国的护照，但或迟或早，至少会有那么一段时间，我们每个人都被迫承认我们也是另一王国的公民。"①作为与自然界所有生命相伴而生的一种存在状态，疾病既是人类永恒面对的生存困境之一，也是文学创作永远无法回避的主题。中国古代文学作品中历来有疾病书写的传统，如老子《道德经》："圣人不病，以其病病，是以不病。"②其"病"具有道德意义和哲学色彩；《诗经·卫风·伯兮》："愿言思伯，甘心首疾。"③"首疾"既是身体上的不适，更是内心的忧伤；杜甫《登高》："万里悲秋常作客，百年多病独登台。"④身体和心理的非正常状态兼而有之。由此可见，文学作品中的疾病书写不仅局限于简单的生理现象，还往往负载着深刻的象征意味以及丰富的审美心理内涵。当然，疾病书写和由此引发的多层次审美只是文学创作的一个支流，事实上，对国家民族、社会民生的多层次多角度书写，以及对个人情志的全方位抒发，才是中国传统诗文的主流。

然而，唐宋词却是个特例。在唐宋词的世界中，悲伤、抑郁、自闭，甚至绝望而歇斯底里的"亚健康"状态和病态情绪始终像一团无处不在的迷雾，时时弥漫和笼罩于词坛之上，如影随形，挥之不去、躲闪不开。疾病和病态书写在唐宋词中被有意强调和放大，成为一种集体无意识语言，并由此带来独特的生命体验和特殊的审美效果。

① 苏珊·桑塔格：《疾病的隐喻》，程巍译，上海译文出版社2003年版，第5页。
② 老子：《道德经》，金盾出版社2009年版，第206页。
③《诗经·卫风·伯兮》，《诗经》，广州出版社2001年版，第62页。
④ 杜甫：《杜甫诗选》，巴蜀书社2008年版，第89页。

# 一、普泛化的疾病书写和病态呈现

关于唐宋词的情感内核，杨海明先生说："在众多的唐宋词篇中，大多均可沥取或分解出悲哀的感情'汁水'来：婉约词中固然是充满着'女儿泪''妇人泪'，而豪放词中却也大多藏着'英雄泪'、'壮士泪'。"①这种对于悲情美的偏嗜，既缘自"人生不如意，十事常八九"等传统文化心理，以及"诗穷而后工"②的文学审美习惯，最主要的，却与曲子词哀感顽艳的曲调、相思别恨的主题，以及花间樽前的唱词环境、偏柔嗜弱的审美趣尚等独特的文体特征密切相关。换而言之，唐宋词中普遍存在的悲观情绪，以及由此产生的普泛化的疾病书写和病态呈现，更多是为了契合曲子词工愁善恨的文体特征，来自唐宋词人"为赋新词强说愁"③的主观故意。既如此，则他们千方百计地书写自身或他者的愁绪病态、以玩味痛苦作为唐宋词创作和审美的重要内容，也就不足为怪了。唐宋词中的疾病书写和病态呈现主要体现在以下几个方面：

首先，因爱情渴望无法得到满足、恋爱结果不能圆满而产生的生理和心理上的非正常状态。

由于"词为艳科"和"男子而作闺音"④等特点，唐宋词中这种"因爱成病"的疾病书写表现出明显的性别化倾向，对于恋爱中女性的精神恍惚、失眠多梦、幻听呓语、焦虑抑郁等病态描写异常精细和丰富，打上了深刻的女性化烙印。

从客观角度而言，封建社会女性在爱情中的弱势身份，导致恋爱双方关系严重失衡，恋爱中的女性往往处于守候、期盼、等待，甚至乞怜的地位。

---

① 杨海明：《唐宋词史》，天津古籍出版社1998年版，第648页。
② 欧阳修：《欧阳修全集》，李逸安点校，中华书局2001年版，第612页。
③ 辛弃疾：《辛弃疾词选》，中华书局1979年版，第76页。
④ 田同之：《西圃词说》，唐圭璋《词话丛编》，中华书局1986年版，第1449页。

一旦男子因求学、经商、远游等缘由离开，或是因移情别恋等种种原因使得恋情成空，就会对女性身心造成重大伤害。她们或者翘首以待、流泪企盼："几度将书托烟雁，泪盈襟。泪盈襟，礼月求天，愿君知我心。"（牛峤《感恩多》）"情无远近，水阔山长分不尽。一断音尘，泪眼花前只见春。"（贺铸《减字木兰花》）；或者愁绪满怀、自怨自艾："曲屏斜烛，心事入眉尖。金字半开香穗小，愁不寐，恨西蟾。"（张先《江城子》）"画堂无绪，初燃绛蜡，罗帐掩余薰。多情不解怨王孙，任薄幸、一从君。"（杜安世《少年游》）或者憔悴慵懒、惆怅孤栖："春夜阑，春恨切，花外子规啼月。人不见，梦难凭，红纱一点灯。"（毛文锡《更漏子》）"坠髻慵梳，愁蛾懒画，心绪是事阑珊。觉新来憔悴，金缕衣宽。"（柳永《锦堂春》）；甚至于，因恋人的离去、相逢无凭，词中女子常常病上加病，干脆患上了"抑郁综合症"："病起恹恹、画堂花谢添憔悴。乱红飘砌，滴尽胭脂泪。 惆怅前春，谁向花前醉。愁无际。武陵回睇，人远波空翠。"（韩琦《点绛唇》）……唐宋词中对于女性之疾病书写的常态化和密集化，既曲折表现出封建时代女性的身体欲望和心理需求，也展示出理性与感性冲突之下，女性群体由于精神焦虑以及欲望被压制所造成的身心病态和残缺。当然，唐宋恋情词中也有"衣带渐宽终不悔，为伊消得人憔悴"（柳永《蝶恋花》）这样为爱痴狂、因爱成病的"男性患者"，但毕竟属细枝末流，此不赘述。

从主观角度而言，唐宋词中对女性的疾病书写和病态呈现，又缘自于男性作者非正常的审美倾向和病态的心理需要。唐宋词中充满了弱不禁风、慵懒惆怅、寂寞忧伤，从形貌到内心都娇柔脆弱的病态女性形象，她们为"他"而病："厌厌病，此夕最难持。一点芳心无托处，荼蘼架上月迟迟。惆怅有谁知。"（张先《望江南·闺情》）"步回廊、懒入香闺，暗落泪珠满面，谁人知我，为伊成病。"（杜安世《安公子》）因"他"而瘦："人生少有，相怜到老，宁不被天憎。而今前事总无凭。空赢得、瘦棱棱。"（欧阳修《燕归梁》）"手挼梅蕊寻香径。正是佳期期未定。春来还为个般愁，瘦损宫腰罗带剩。"（晏几道《玉楼春》）甚至因爱生怨、泪尽肠断："梳洗罢，独倚望江楼。过尽千帆皆不是，斜晖脉脉水悠悠。肠断白蘋洲。"（温庭筠《望江南》）"支颐痴想眉愁压，咬损纤纤银指甲。柔肠断尽少人知，闲看花帘双蝶狎。"（秦观《玉楼春》）这些被困于华屋金笼中的女子，无助而缠绵，柔弱又痴情，正是男权社会中，"按男性经验去规范，且既能满足男性欲望，又取消其恐惧"[①]，由男性词人一厢情愿地根据自己的主观意志创造出来的幻象。由此，则在男性话语权掌控下，唐宋词中的女性角色被无休止的疾病书写与病态审美所扭曲和异化，生命的真实状态被遮掩，成为特殊历史语境中被领域化和编码化的特定符号。

值得一提的是，疾病作为女性私人化和个体化的体验，本来具有较强的隐私性和内在性，而男性词人对于女性疾病书写的具体化和细节化，以及他们对与女性身心相关的方方面面的特别关注，比如大肆渲染女性的愁态、慵态、疲态、弱态、醉态，或者对女性身体隐秘部位的细致摹写，如刘过《六州歌头·美人足》《六州歌头·美人指甲》等，极大满足了男性词人病态的"窥视"欲望，他们对于华堂内室中病弱女性的无限遐想，正是男权话语体制下男性欲望的变态张扬。

其次，因个人意志被压抑、个体价值无法实现而产生消极、颓废等不良情绪，最终导致抑郁、焦虑、躁狂、偏执等心理疾病。

如果说因爱生恨、因爱成病是唐宋词中女性之"流行病"的话，那么，人生失意、壮志难酬之类家国身世之悲慨，其所造成的孤独寥落和压抑苦闷就成为男性词人的"群体高发性"疾病。以下列举三位词人的"病症"加以阐述。

其一是"浪子"柳永。

在男权制的封建社会，自我价值的实现是大多数男性不断追求，并赖以完成自我肯定与自我满足的人生历程，而理想与现实的矛盾就此成为他们难以突破的精神困境。因此，柳永词中往往呈现出两种截然不同的色调和温度，当他与意中人两情缱绻、悱恻缠绵时，词中的色彩轻快明艳、春意盎

---

① 张慧敏：《寻求自我的艰难跋涉》，《东方》，1995年第4期。

然："自古及今，佳人才子，少得当年双美。且恁相偎倚。未消得、怜我多才多艺。愿奶奶、兰心蕙性，枕前言下，表余深意。为盟誓。今生断不孤鸳被。"（《玉女摇仙佩》）"绸缪凤枕鸳被。深深处、琼枝玉树相倚。困极欢余，芙蓉帐暖，别是恼人情味。风流事、难逢双美。况已断、香云为盟誓。且相将、共乐平生，未肯轻分连理。"（《尉迟杯》）；而当他为了仕途辗转奔忙，浪迹江湖却又无望无果时，词中色调骤变，充满凄凉感伤、心灰意懒的负面情绪："奈泛泛旅迹，厌厌疾绪，迩来谙尽，宦游滋味。此情怀、纵写香笺，凭谁与寄。算孟光、争得知我，继日添憔悴。"（《定风波》）"游宦成羁旅。短樯吟倚闲凝伫。万水千山迷远近，想乡关何处。自别后、风亭月榭孤欢聚。刚断肠、惹得离情苦。听杜宇声声，劝人不如归去。"（《安公子》）羁旅行役的艰辛只是造成词人厌厌疾绪的外因，而身世漂泊、沉沦下僚才是他真正的"心病"。

其二是苏轼。

王灼《碧鸡漫志》卷二云："东坡先生非心醉于音律者，偶尔作歌，指出向上一路，新天下耳目，弄笔者始知自振。"[1]苏轼以其才情、学识、阅历、眼界、胸襟等综合素质，一改曲子词花间樽前的颓靡病态，扩大词体的抒情言志的功能，使其能够像诗文一样展示士大夫的自我人格和性情襟怀，反映广阔的社会和人生。由此，苏轼词中的疾病书写，一方面带有忧国忧民的政治色彩和较为强烈的现实感受性，在历经坎坷后的无限唏嘘中，郁藏着深广的政治烦恼和人生慨叹，如："道远谁云会，罪大天能盖。君命重，臣节在。"（《千秋岁》）"安石在东海，从事鬓惊秋。中年亲友难别，丝竹缓离愁。一旦功成名遂，准拟东还海道，扶病入西州。雅志困轩冕，遗恨寄沧州。"（《水调歌头》），等等；另一方面，苏轼一生屡经沉浮磨难，仕途的坎坷和命运的多舛引发他对于艰难人生和短暂生命的深层思考，进而升华为对于整个宇宙人生的忧患和畏惧："佳节若为酬，但把清尊断送秋。万事到头都是梦，休休。明日黄花蝶也愁。"（《南乡子·重九涵辉楼呈徐君猷》）

---

① 王灼：《碧鸡漫志》，唐圭璋《词话丛编》，中华书局1986年版，第83页。

"暮云收尽溢清寒。银汉无声转玉盘。此生此夜不长好，明月明年何处看。"（《阳关曲》）"世事一场大梦，人生几度秋凉。夜来风叶已鸣廊，看取眉头鬓上。"（《西江月》）等等。无处不在的痛苦和忧患所造成的深悲大痛，就远远超出了一般意义上的消沉悲观的病态心理，具有相当广泛和深远的哲理意蕴。

其三是辛弃疾。

辛弃疾是以英雄身份进入词坛的，清代学者指出："辛稼轩当弱宋末造，负管、乐之才，不能尽展其用。一腔忠愤，无处发泄，观其与陈同父抵掌谈论，是何等人物！故其悲歌慷慨、抑郁无聊之气，一寄于词。"①由此可见，辛弃疾词中的疾病书写，在某种意义上已经超越了词人对个体生命的关注，充满"舍我其谁"的社会使命感和忧国伤时的巨大苦闷："问渠侬：神州毕竟，几番离合？汗血盐车无人顾，千里空收骏骨。正目断、关河路绝。"（《贺新郎》）"落日楼头，断鸿声里，江南游子。把吴钩看了，栏杆拍遍，无人会、登临意。"（《水龙吟·登建康赏心亭》）"追往事，叹今吾。春风不染白髭须。却将万字平戎策，换得东家种树书。"（《鹧鸪天》）等等，江山半壁，国事飘摇，词人舍身报国的信念越是坚定，其理想与现实的强烈反差就愈发具有震撼人心的悲剧力量。

不可否认，虽然同样是由于主观愿望无法得到满足而处于痛苦愁闷的生存和精神状态，唐宋词中关于家国身世之沉郁悲慨的词篇，较之佳人病春的恋情词，其情感内容和境界情怀是要深厚和广阔很多的。

再次，由于国破家亡的巨大苦难所造成的伤痕心理和病态心理的书写。

从宋太祖赵匡胤扫平南唐、后蜀、吴越等诸国，到北宋靖康之乱和元灭南宋，相当一部分唐宋词人都经历过国家灭亡、身世浮萍的惨剧。正如苏珊·桑塔格所言"疾病不仅是受难的史诗，而且也是某种形式的自我超越的契机。"②灭家亡国的惨痛经历对唐宋词人身心的伤害是深入骨髓和难以磨灭

---

① 徐釚：《词苑丛谈》，上海古籍出版社1981年版，第79页。

② 苏珊·桑塔格：《疾病的隐喻》，程巍译，上海译文出版社2003年版，第111—112页。

的，这种深哀巨痛诉诸以词，其格局和心境自然与升平年代春愁秋恨之类的疾病书写不同。

以南唐后主李煜为例，亡国被俘是他人生的重大转折，也是其词之风格境界的重要转捩点。王国维说："词至李后主而眼界始大，感慨遂深。"又说："尼采谓：'一切文学，余爱以血书者。'后主之词，真所谓以血书者也……后主则俨有释迦、基督担荷人间罪恶之意。"①其亡国后的悲歌，如"林花谢了春红，太匆匆。无奈朝来寒雨，晚来风。胭脂泪，相留醉，几时重。自是人生长恨，水长东。"（《相见欢》）"雕栏玉砌应犹在，只是朱颜改。问君能有几多愁？恰似一江春水向东流。"（《虞美人》）"独自莫凭栏，无限江山，别时容易见时难。流水落花春去也，天上人间。"（《浪淘沙令》）等等，将自身所历经的大苦大悲提炼升华，转而为对宇宙人生的彻底究诘，其忧愤之深广，感情之强烈，境界之宏阔，非有如此身世才情者所不能至。

再以被称为"送春苦语"的刘辰翁《兰陵王·丙子送春》词为例：

送春去。春去人间无路。秋千外，芳草连天，谁遣风沙暗南浦。依依甚意绪。漫忆海门飞絮。乱鸦过，斗转城荒，不见来时试灯处。

春去。最谁苦。但箭雁沈边，梁燕无主。杜鹃声里长门暮。想玉树凋土，泪盘如露。咸阳送客屡回顾。斜日未能度。

本篇作于元军进入临安之后，所谓"送春"，也即哀悼南宋灭亡。词中通过描写春去的残破景象，总写南宋上至君臣，下至黎庶所遭受的亡国之痛。"送春去，春去人间无路"，虽表现得抗争不足而悲愤有余，却真实表现出当时文人普遍的心怀眷念却无力回天绝望心情。

此外，又有不少词人采用今昔对比的写作手法描写国破家亡的伤害和剧痛。北宋末年的靖康之变对于很多悠游度日的文人来说，是猝不及防的灭顶

---

① 王国维：《人间词话》，广西人民出版社2017年版，第8页，第11页。

之灾。他们仓皇南逃、颠沛流离，面对国亡家散的双重打击，往往发出物是人非的悲吟和低咽。比如李清照流寓临安所作《永遇乐·元宵》，南渡前"中州盛日，闺门多暇，记得偏重三五。铺翠冠儿，捻金雪柳，簇带争济楚"的盛世繁华与"如今憔悴，风鬟霜鬓，怕见夜间出去"的悲凉孤寂形成巨大反差，蕴含了无限的今昔盛衰之感和个人身世之悲。再以南宋末年蒋捷为例，公元 1275 年冬，元兵占领江南，词人流落苏州一带，作《贺新郎·兵后寓吴》。往昔"深阁帘垂绣。记家人、软语灯边，笑涡红透"温馨旖旎的幸福家庭生活，与国破家散后"万叠城头哀怨角，吹落霜花满袖。影厮伴、东奔西走""明日枯荷包冷饭，又过前头小阜。趁未发、且尝村酒。"这样漂泊孤凄、潦倒落魄的现实遭遇相比较，简直判若云泥，其难以愈合的心理创伤和如影随形的哀愁苦痛也被烘托得更加浓重。

法国作家缪塞说："最美丽的诗歌是最绝望的诗歌，有些不朽的篇章是绝望的眼泪。"国破家亡的重大变故在词人心中留下了无法抹去的伤痕，而无处避愁的绝望和悲恸，最终却酝酿出如倾如诉的悲苦宏响。

## 二、唐宋词中疾病书写的审美心理隐喻

关于作家与疾病的关系，司马迁《报任少卿书》云："盖文王拘而演《周易》；仲尼厄而作《春秋》；屈原放逐，乃赋《离骚》；左丘失明，厥有《国语》；孙子膑脚，《兵法》修列；不韦迁蜀，世传《吕览》；韩非囚秦，《说难》《孤愤》。《诗》三百篇，大底贤圣发愤之所为作也。此人皆意有所郁结，不得通其道，故述往事，思来者。"①疾病书写不但是作家抒发心中的郁结，将主观经验赋予普遍意义的艺术表现手段，也因其与社会文化等因素相关联，以非常态的方式表现对生存状态的感悟和省察，从而具有了更深层的文化内涵和审美心理隐喻。

---

① 司马迁：《报任少卿书》，萧统编《文选》，上海古籍出版社 2011 年版，第 1864–1865 页。

唐宋词中的疾病书写有意将现实生活中的多重矛盾弱化和虚化，强调悲剧情怀和忧患意识笼罩下的个人生命体验和个体心绪情怀，从而达到抒情上的深微细腻和艺术上的唯美追求。

## （一）被刻意诗化的病态美和残缺美

诗歌中的疾病书写，不乏对现实病症和病况的具体描述。如杜甫《近照》诗云："衰年病肺惟高枕，绝塞愁时早闭门"形象写出了肺病发作时的苦况；《病后过王倚饮赠歌》云："疟病三秋孰可忍，寒热百日相交战。头白眼暗坐有胝，肉黄皮皱命如线。"真实再现了被疟病折磨的贫病老丑的患者形象。而唐宋词中的疾病书写，与其说是一种生理描述，毋宁说只是承载着唐宋词人集体审美偏嗜的载体，在词中，病痛体验并没有得到有效传达，而是被刻意美化和诗意化，从而达到理想的审美效果。

唐宋词中的疾病和病态，往往因有情人天涯离散、难成眷属，或者个人的家国情志难以实现而产生。现实对于理想处处禁隔，将一切希望和美好刻意阻断，然而，由此造成的残缺美却令人念念不忘，形成回思不尽的无穷韵味。以恋情题材为例，唐宋词中最常见的爱情模式便是得不到或已失去，爱而不得的病态化处理，一方面，能够使作品充满痛彻心扉的悲剧性和戛然而止的残缺美感，从而使爱情避免陷于日常生活的琐碎与无趣，突破朝朝暮暮的常规和窠臼；另一方面，由于目标被阻隔而产生的不可逾越的距离（如时空距离、心理距离等等），也往往使现实形象因距离美而升华，增强了词境的空灵感和纵深感，从而唐宋词的意境无形中具有了"唯美化"的审美效果。比如被冯煦称为"古之伤心人"[①]的晏几道，即善以追忆手法入词，摹写早已逝去却仍眷眷执着的恋情："梦后楼台高锁，酒醒帘幕低垂。去年春恨却来时，落花人独立，微雨燕双飞。"（《临江仙》》）爱情的被迫中断使得最美好的一瞬定格成为永恒，并且经过时光的净化沉淀变得久而弥香。而

---

① 周济、冯煦等：《介存斋论词杂注 复堂词话 蒿庵论词》，人民文学出版社2001年版，第65页。

词人的深哀巨痛以及心中难以磨灭的伤痕，却因精神上的不断追索探求，升华为"华屋山丘"①的盛衰之感。正所谓"悲欢离合之事，如幻如电，如昨梦前尘，但能掩卷抚然，感光阴之易迁，叹镜缘之无实也"②。

日本学者村上哲见曾指出："尽管（艳情词）主题如此庸俗，而且语汇陈腐，但是词中所展开的境界却洋溢着娇艳之美，具有诱人的不可思议的魅力。这大约是因为表面上看起来始终是优雅艳丽的，然而却托寓着超乎传统'闺怨'这一概念的、对于人生和对于时代的深切的绝望感与孤独感的缘故。"③而这种"深切的绝望感与孤独感"，则不仅是一种精神状态，也蕴涵着深厚的文学审美追求。它虽然是消极和不完满的，却是缠绵婉约、让人痴迷的，更因其深婉的残缺美内涵，符合人类填充和补偿心理的普遍规律，从而引发长久的共鸣。

## （二）生与死的悲剧性内涵

疾病是个体生命独特的、私隐的、而又极具个性化的感受。作为一种体验，疾病虽然导致了痛苦和扭曲等非常态化的人生状态，容易触发孤独、敏感、抑郁、绝望等负面情绪，以及引发人性中至阴暗和至丑陋的一面；但同时，疾病所带来的苦痛和偏离常态的身份，也促使人们跳出庸常的社会生活，以新的视角重新观察和思考生命的本质，进而发掘生与死的悲剧性内涵。

生与死是文学永恒的表达主题。对光阴易逝的焦虑和对人生无常的叹惋在唐宋词中更是贯穿始终，从未消歇，成为所有人难以解开的"心结"和"心病"。比如："屈指劳生百岁期。荣瘁相随。利牵名惹逡巡过，奈两轮、玉走金飞。红颜成白发，极品何为。"（柳永《看花回》）"韶华不为少年留。恨悠悠。几时休。飞絮落花时候、一登楼。便做春江都是泪，流不尽，

---

① 曹植：《箜篌引》，聂文郁注译《曹植诗解译》，青海人民出版社1985年版，第56页。

② 晏几道：《小山词自序》，金启华等编《唐宋词集序跋汇编》，江苏教育出版社1990年版，第25页。

③ 村上哲见：《唐五代北宋词研究》，杨铁婴译，陕西人民出版社1987年版，第105页。

许多愁。"（秦观《江城子》）"往事莫沉吟。身闲时序好，且登临。旧游无处不堪寻。无寻处，惟有少年心。"（章良能《小重山》）等等。人生苦短，好物不牢，这是人类永远无法摆脱的绝望和哀伤。那声声不息的叹息和浓得化不开的愁绪所传递的，正是唐宋词人用疾病书写的极端方式所诠释的对生命的思考和眷注。

席勒说："感伤天才的力量是在于以自己内在的努力使带有缺陷的对象完善起来，并依靠自己的力量使自己从有限的状态转移到绝对自由的状态。"①多愁多思的唐宋词人，正是一群具有这样特质的"感伤天才"。一方面，生与死的悲剧性内涵不断困扰着他们，使其作品中充满浓郁的感伤情调；另一方面，集体的悲观绝望中潜隐着开解之机，疾病书写之后，又往往继之以自我调适与突破，进而与现实寻求和解并自我救赎。比如苏轼，其伟大之处在于，他不但能书写疾病，又不断尝试突破困境以"自救"，寻找身心的诗意栖息与宁静："君看今古悠悠，浮宦人间世。这些百岁，光阴几日，三万六千而已。醉乡路稳不妨行，但人生、要适情耳。"（《哨遍》）"谁道人生无再少，门前流水尚能西。休将白发唱黄鸡。"（《浣溪沙》）"回首向来萧瑟处。归去。也无风雨也无晴。"（《定风波》）……面对惨淡苦难的人生，用"适情"的态度任天而动，看穿看淡以后，仍然执着和热爱，并不断升华，从而达到超然自适的精神境界。

毋庸置疑，疾病书写为唐宋词提供了一个特殊的表达窗口，透过这个窗口，不但有助于了解词人被投射和外化的错综复杂的精神世界和情感世界，又在一定程度上曲折地隐现出其独特的审美内涵和审美心理隐喻。在唐宋词人的多愁善感和惆怅莫名背后，有诸多消极颓废的因子，同时也隐现出士大夫文人对个体生命的关注和自我意识的觉醒，以及对现世人生的缱绻珍爱之情。

---

① 席勒：《论朴素的诗与感伤的诗》，伍蠡甫、胡经之主编《西方文艺理论名著选编》，北京大学出版社1987年版，第481页。

# 宋词"时间书写"的文化蕴涵与审美心理考察

　　秉承中国古代文学中文人心态的稳定性与艺术表现形式的传承性等一贯特征，宋词中的"时间书写"也以对光阴易逝的焦虑和对生命永恒的渴望为主旋律，其文化蕴涵与审美心理，既有对前代文学与文化的传承和绵延，又呈现出独特的时代特征及文体特性。宋词中的时间书写既珍重个人的现世时日而弱化政治和社会生活，也因"彻悟"而愈发清醒深刻，由此生发出诸多富有启发性的生活哲理和人生智慧。

关于时间感知和时间表达，克洛德·拉尔在《中国人思维中的时间经验知觉和历史观》一文中概述："一个民族赖以生存的条件和限制因素必然反映在语言和行为里……中国人的时间概念体现在语言和生活方式中，他们具有异常丰富的时间表达方式和某种渗透其言语及整个生活的时间概念和时间体系的逻辑。"①这正与国内某些学者的观点不谋而合，王立在《原型与流变：中国古代文学十大主题概观》指出，从春秋时代的《诗经》到明清戏曲小说，"惜时、相思、出处、怀古、春恨、悲秋、游仙、思乡、黍离、生死"等十大主题曾反复出现②，几乎贯穿于整个中国古代文学史，而其中"春恨""悲秋""惜时""怀古""黍离""生死"等五大主题，皆与时间密切相关，呈现出较为集中的"时间书写"。

与其他文体相比较，所谓"异常丰富的时间表达方式"在唐宋词中表现尤为突出。作为"心绪文学"的唐宋词，其不但在题材内容的选择上对时间具有着高度敏感性，语言表达更加丰富精粹，艺术手法也愈发幽约细腻、精致而微。词中的"时间书写"比比皆是："红满枝，绿满枝，宿雨厌厌睡起迟，闲庭花影移。"（冯延巳《长相思》）是对时光渐变的敏锐感悟和精细摹写；"屈指劳生百岁期。荣瘁相随。利牵名惹逡巡过，奈两轮、玉走金飞。红颜成白发，极品何为。"（柳永《看花回》）是以世事沧桑和人生倏忽的剧烈变易动摇人心；"往事莫沉吟。身闲时序好，且登临。旧游无处不堪寻。无寻处，惟有少年心。"（章良能《小重山》）书写对年少往事的追忆，抒发人生的今昔之慨；而"念往昔、繁华竞逐。叹门外楼头，悲恨相续。千古凭高，对此谩嗟荣辱。六朝旧事随流水，但寒烟、芳草凝绿。至今商女，时时犹唱后庭遗曲"（王安石《桂枝香》）则是在宏大的宇宙历史背景下，写出了兴亡盛衰的强烈对比和理性反思。秉承中国古代文学中文人心态的稳定性与艺术表现形式的传承性等一贯特征，宋词中的"时间书写"也以对光阴易逝的焦虑和对生命永恒的渴望为主旋律，其文化蕴涵与审美心理，既有对前

---

① 路易·加迪等：《文化与时间》，浙江人民出版社1988年版，第31页。
② 王立：《原型与流变：中国古代文学十大主题概观》，《江海学刊》1989年第2期。

代文学与文化的传承和绵延，又呈现出独特的时代特征及文体特性。

# 一、宋词"时间书写"的文化蕴涵

中国传统文学对于时间的关注和书写由来已久，早在《诗经》时代，惜时主题便已微露端倪，其作品从自然外物联想到个体生命，多为对人生苦短的简单慨叹："子有酒食，何不日鼓瑟。且以喜乐，且以永日。宛其死矣，他人入室。"（《唐风·山有枢》）"如彼雨雪，先集维霰。死丧无日，无几相见。乐酒今夕，君子维宴"（《小雅·颊弁》）《楚辞》中的时间书写则在某种意义上超越了对个体生命的关注，充满崇高的社会使命感和精神力量："汩余若将不及兮，恐年岁之不吾与""时亹亹而过中兮，蹇淹留而无成。"（《楚辞·九辩》）让作者痛苦焦虑的并非时光飞逝本身，而是及时用世的抱负无法实现，由于有强烈的社会责任心和使命感的介入，这类时间书写往往具有巨大的道德感召力量，对后世的时间书写具有深远影响。《古诗十九首》是惜时书写的又一个高峰，诗中既有"生年不满百，常怀千岁忧。昼短苦夜长，何不秉烛游"（《生年不满百》），"人生非金石，岂能长寿考。奄忽随物化，荣名以为宝"（《回车驾言迈》）之类对于人生短促的哀叹，也有"人生寄一世，奄忽若飙尘。何不策高足，先据要路津"（《今日良宴会》）的振臂高呼。唐诗中的时间书写无论题材内容还是艺术表现，都更为丰富，有对韶华易逝、光阴易老的感伤："白日走而朱颜颓，少日往而老日催。"（白居易《无可奈何歌》）有对惜时奋进的劝勉："三更灯火五更鸡，正是男儿读书时。黑发不知勤学早，白首方悔读书迟。"有对长生不老的渴求："愿餐金光草，寿与天齐倾。"（李白《古风·其七》）也有对生命的理性反思："江畔何人初见月，江月何年初照人。人生代代无穷已，江月年年只相似。"（张若虚《春江花月夜》）

宋代社会文化价值的改变，导致社会成员的生活方式和价值思维发生了相当大的变异，宋人已经从前人无谓地慨叹人生苦短的哀歌中逐渐清醒过来，既然无法延长生命的长度，他们索性更加关注生命的质量。欧阳修《采桑子·西湖念语》云："鸣蛙暂听，安问属官而属私？曲水临流，自可一觞而一咏。"与前代相比，宋代士人既以风雅自矜，也不排斥世俗享受，且乐在其中，他们游刃有余地游走于仕与隐、公与私、雅与俗、行与藏之间，生活内容较之其他时代士人更为绚烂多彩。由此，词人对于时间的书写既显示出前所未有的强烈的生命意识和由此产生的脆弱易感的时间观念，以及自恋式的生命关注，又表现出优雅从容，舒徐恬淡的雍容气度。由于曲子词擅长表现与功名事业无关的私人生活、私人情感和私人情趣等内容，宋词中的时间书写亦顺应文体特征，不强调寥廓壮大而是朝着狭深方向不断发展，呈现出心绪化和日常化的总体特征。具体而言，可概括为春愁秋怨型、及时行乐型、奋发有为型、祝福祈愿型等类型。

其一，春愁秋怨型。

虽则无论"春愁"还是"秋怨"，总体上以表现流年似水、时不我与之失意哀怨的心理状态为主，然而不同的季节背景，唐宋词在题材内容和主人公性别的选择上却表现出十分明显的倾向性和趋同性，是谓"佳人伤春"和"男士悲秋"。

万物复苏的春天本是一年中最好的季节，然而对于常年厮守寂寞深闺的女性而言，如花美眷与似水流年正如一对相伴相生却终难和解的矛盾，红颜易老、韶华难再的隐忧始终像梦魇一般缠绕于她们心头。在"佳人"们眼中，春残花落恰似她们未及绽放便迅速凋零的花样青春，而时序的递换，冷暖的更易，更容易被敏感的闺中人捕捉，成为她们抒发无聊意绪、书写深刻哀愁的载体。缘此，春光转瞬即逝的悲伤固然使人平添愁绪，比如："林花谢了春红，太匆匆，无奈朝来寒雨晚来风。"（李煜《相见欢》）"画阁归来春又晚。燕子双飞，柳软桃花浅。细雨满天风满院。愁眉敛尽无人见。"（欧阳修《蝶恋花》）而春光中美好的一面也成了闺人惆怅的资料，以乐景写哀愁，反而雪上加霜，使愁者愈愁。请读："暖雨晴风初破冻，柳眼梅腮，已觉春心动。酒意诗情谁与共？泪融残粉花钿重。"（李清照《蝶恋花》）"好是风和日暖，输与莺莺燕燕。满院落花帘不卷，断肠芳草远。"（朱淑真《谒金门》）此类词篇虽以无病呻吟的居多，然而无论是"男子而作闺音"的拟作，还是闺中人自抒其情，在其纤微必现而又悠长缓慢的时间书写中，都蕴藏了无数青春热望的女性在深闺无声老去的无奈绝望和深刻悲哀。

自宋玉《九辩》始，中国古典诗词就开启了"男士悲秋"与"感士不遇"相结合的固定模式，唐宋词中"男士悲秋"的词篇，也大抵承袭了这一传统，既以士大夫的本来面目直抒情怀，内容上也基本跳脱了词体男欢女爱、闺怨相思的窠臼，"悲秋"的时间书写中凝注了较为深广的人生感慨。由于士大夫文人的悲秋词多为"我手写我心"之作，而作者的学识、阅历、眼界、情怀、气度、志向、风骨等个体因素必然会影响词作的情感内涵，由此则唐宋词中"悲秋"情怀所呈现的人生境界也面貌各异。以柳永为例，其出身于奉儒守官之家，早年浪迹秦楼楚馆，中岁功名难成、辗转漂泊，晚景潦倒落魄。终其一生，对功名事业的孜孜以求与对"烟花巷陌"的念念不忘正如鱼与熊掌之两难取舍，因而柳永"羁旅行役"词中普遍弥漫的"宋玉悲感"，呈现出明显的"人格分裂"特征，在抒发岁月蹉跎而功名难就之无奈以及对宦游生涯无比厌倦的同时，往往伴随对"佳人""美人""玉人"的缱绻思念以及对倚红偎翠、浅斟低唱的帝都生活的无限向往，这类词较为典型的如《八声甘州》《戚氏》《玉蝴蝶》《曲玉管》《倾杯》《夜半乐》《竹马子》等等。由此，失意文人与风流浪子的双重身份也就成为柳词"悲秋"书写的鲜明印记。而在苏轼词中，由于其远大的襟怀抱负、丰富的人生阅历和超旷达观的个性，同样的悲秋情怀却表现得更为老成和深沉。如："佳节若为酬？但把清樽断送秋。万事到头都是梦，休休，明日黄花蝶也愁。"（《南乡子·重九涵辉楼呈徐君猷》）"暮云收尽溢清寒，银汉无声转玉盘。此生此夜不长好，明月明年何处看。"（《阳关曲》）旷达乐观的心绪之外，往往又郁藏着进退失据的政治烦恼和对于忧患人生的深刻思考。词至南宋，悲秋情怀被注入家国之慨的新内容，爱国词人的"悲秋"书写往往能够跳脱普通士大夫文人自怜身世的狭窄框架，境界寥廓而立意高远，然而流年如电的无奈与英雄无用武之地的悲慨却伴随其间，愈发沉郁悲凉。

其二，及时行乐型。

宋代社会高度发达的城市经济、优待文官和鼓励享乐的既定国策，以及曲子词花间尊前的创作传播环境，加之词体本身世俗化、娱乐化等文体特性的不断强化，导致宋词中"及时行乐"型的时间书写大行其道，并往往以"醉入花丛"的普遍模式呈现，这在以应歌为主的北宋词中表现尤为突出。比如"太平宰相"晏殊，据《宋人轶事汇编》载："晏元献为京兆，辟张先为通判，新得一侍，公甚属意。每张来，令侍儿歌子野词。其后王夫人浸不容，出之。一日子野至，公与之饮，子野作词令营妓歌之，末句云'望极蓝桥，但暮云千里。几重山，几重水。'公闻之怃然曰：'人生行乐耳，何自苦如此？'命于宅库支钱，复取前所出侍儿，夫人亦不得谁何也。"[1]后人以"风流酝藉""温润秀洁"[2]称其词，然而在宣扬及时行乐的词作中，却是一副时不我与、迫不及待之态："一向年光有限身，等闲离别易销魂，酒筵歌席莫辞频。"（《浣溪沙》）"劝君绿酒金杯，莫嫌丝管声催。兔走乌飞不住，人生几度三台。"（《清平乐》）"萧娘劝我金卮，殷勤更唱新词。暮去朝来即老，人生不饮何为。"（《清平乐》）等等。人生苦短、光阴易逝，既然遮挽不住、改变不了，不如纵情狂欢，醉倒于酒边花丛。然而，透过宋代文人追欢逐醉的生活表面，更深层的情绪却是对于年华老去的怅惘，以及对人生苦短、好景难再的无奈与感伤，词人对及时行乐行为的大书特书，并每每以时间的飞逝为背景来反衬，正隐现出作者对于有限人生的珍爱怜惜之情，从一定意义上体现了宋代文人个体价值的提升和自我意识的觉醒。

其三，奋发有为型。

如果说"及时行乐型"时间书写通过宣扬纵情享乐的方式来消磨生命、虚度光阴，是宋代词人对于流年似水、青春难再之残酷现实的一种不甘和变

---

① 丁傅靖辑：《宋人轶事汇编》，中华书局1981年版，第289页。

② 王灼：《碧鸡漫志》，唐圭璋《词话丛编》，中华书局1986年版，第83页。

相反抗的话，与此相对的"奋发有为型"时间书写，则以"舍我其谁"的强烈社会责任感和事业心，通过劝勉自励、自觉承担社会责任和历史使命等方式来书写生命、不断完善自我，词作中充满了生生不息的正能量和奋发向上的精神。比如抗金名将岳飞，其词中也有"白首为功名。旧山松竹老，阻归程。"（《小重山》）的低沉徘徊，然而欲有所为、心系天下的高度社会责任感却始终促使他将精忠报国作为毕生使命，"三十功名尘与土，八千里路云和月。莫等闲，白了少年头，空悲切。"（《满江红》）紧迫而铿锵的时间书写，既是作者意欲建功立业，不敢虚掷光阴的自警之语，也是天下兴亡、匹夫有责的主动担当，令人读之凛然、慨然、欣然而有奋起之意。故而陈廷焯谓此词："千载下读此，凛凛有生气也。'莫等闲'二语，当为千古箴铭。"[1]再如舍生取义的文天祥，更是用自己毁家纾难、坚守气节和慷慨就义的实际行动，诠释了"人生翕欻云亡，好烈烈轰轰做一场。"（《沁园春·至元间留燕山作》）的彪炳史册、光耀万代的时间生命书写。整体而言，由于"奋发有为型"时间书写倾向于"有为"，强调崇高的社会责任感和淑世精神，此类时间书写往往为北宋苏轼及其流亚，以及南宋爱国词人群所偏爱。

其四，祝福祈愿型。

祈望长生、渴求圆满是长久以来人们对于时间的终极追求，伴随节庆燕集之风在两宋的兴盛，节序词与祝寿词随之兴起，大量词作不仅"见时序风物之盛，人家宴乐之同"[2]，生动地再现了当时的民风民俗与社会生活景观，更以祝福和祈愿的方式表达对时序变换和人生易老的关注，是宋词中最为集中和直接的时间书写。

宋代岁时节令体系日臻完备，在《东京梦华录》《武林旧事》《西湖老人繁胜录》及《梦粱录》等诸多宋人笔记中，记载了大量有关元日、元宵、立春、上巳、寒食、端午、七夕、中秋、重阳等重大节日的庆祝活动，其内容之丰富、场面之隆重，令人眼花缭乱、目不暇给。多姿多彩的节令生活成

---

① 清陈廷焯语，引见唐圭璋《宋词三百首笺注》，上海古籍出版社1979年版，第138页。
② 黄杰：《宋词与民俗》，商务印书馆2005年版，第22页。

为曲子词创作的重要内容，据统计，《全宋词》中广义上的节序词计有2432首，狭义的节序词计有1406首，涉及的节日达24种之多。节庆之时往往充斥着欢乐喜庆的情调，词人也全身心享受当下，应时应景地发出美好祝愿："寰宇清夷，元宵游豫，为开临御端门。……欢声里，烛龙衔耀，黼藻太平春。"（赵佶《满庭芳》）"劝君今夕不须眠。且满满，泛觥船。大家沈醉对芳筵。愿新年，胜旧年。"（杨无咎《双雁儿·除夕》）等等。而面对年岁增长和序时更替，敏感的词人也常常发出感时伤怀的人生慨叹："百年消息，经半已凌人。念我功名冷落，又重是、一岁还新。惊心事，安仁华鬓，年少已逡巡。"（赵长卿《满庭芳·元日》）"但惜年从节换，便觉身随日老，踪迹尚沈浮。万事古如此，聊作旧桃符。"（李处全《水调歌头·除夕》）等等，用节序的更替强调时光流逝，年华渐老与节物迁变相结合，往往更能引发人们的共鸣，而无论是节日祝福还是感怀伤时，都从不同侧面反映了宋人的精神风貌和心理状态，以及他们对美好生活的憧憬与期待。

以词贺寿是宋代词坛，尤其是南宋词坛一大景观，据统计，留存至今的南宋寿词有两千余首，约占宋词总数的十分之一，而魏了翁更以百首寿词位居众家之首。为他人祝寿，无非赞美寿主的功名事业或高洁品行，祝福祈愿长生富贵，很难跳脱窠臼。对此，张炎《词源·杂论》就指出："难莫难于寿词，倘尽言富贵则尘俗，尽言功名则谀佞，尽言神仙则迂阔虚诞，当总此三者而为之，无俗忌之辞，不失其寿可也。松椿龟鹤，有所不免，却要融化字面，语意新奇。"南宋寿词祝寿的对象多种多样，除了寿帝王后妃、上司同僚之外，还有寿亲朋、寿长辈、代他人寿，等等。与为他人寿尽多谀颂和溢美不同，宋代文人自寿词的时间书写更倾向于抒怀和说理："相看半百。劳生等是乾坤客。功成一笑惊头白。"（韩元吉《醉落魄·生日自戏》）"休言富贵长年，那个是、生涯活计。茗饮一瓯，纹楸一局，沈烟一穗。"（郭应祥《柳梢青·乙丑自寿》）"卦气周来从新起，怕白发、苍颜难必。随见定性缘，餐饥眠困，喜无啾唧。"（吴潜《二郎神·己未自寿》）在慨叹时光流逝和容颜衰老之后，又往往能够达到穷尽复通的豁达与洞明。

# 二、宋词"时间书写"之审美心理考察

郑板桥在《词钞自序》中论及自己的读词经历,云:"少年冶游学秦(观)柳(永),中年感慨学苏(轼)辛(弃疾),晚年淡忘学刘(克庄)蒋(捷)。"从接受者的角度而言,不同年龄段选取不同风格的词作;而从创作者的角度而言,不同年龄段的时间书写也有各自不同的风格和情感色彩。概而言之,宋词中"时间书写"所蕴涵的审美心理既因时代的发展、社会主要矛盾的转变而嬗变,存在因时因世的差异,也表现出相对趋同的精神风尚和共性特征,其共性的审美心理主要表现为以下两个方面。

其一,今昔对比的怀旧心理。

作为一种记忆功能和心理安慰手段,怀旧是对过去的重构与思念,其产生的满足感能使人生更加充实,也可以唤起共同兴趣者之间的亲密感并获得群体性的认同。普希金在《生活》一诗中写道:"一切都是瞬息,一切都会过去,而那过去了的,就会变成亲切的怀恋。"文学是使人类潜意识中欲望得到满足的间接手段,怀旧审美心理的产生,一方面是由于时空的阻隔造成了不可逾越的距离,而这种距离所产生的陌生感和新鲜感,加之得不到和已失去的心理,使得审美期待和由此产生的审美效果更加强烈;另一方面,今昔对比的怀旧审美心理又源自于对现实生存状态的不满,往往使彼时彼人彼事在记忆中得以升华、净化和美化,来弥补现实生活中的遗憾和不足。这两种典型的怀旧审美心理,在宋词中又往往表现为"少年情事老来悲"模式和"老却英雄似等闲"模式。

先说"少年情事老来悲"模式。

晏几道在《小山词自序》中慨叹:"篇中所记悲欢离合之事,如幻如电,如昨梦前尘,但能掩卷抚然,感光阴之易逝,叹镜缘之无实也。"他往往采用追忆的手法,以年少时"骑马倚斜桥,满楼红袖招"之风流旖旎反衬而今斯人已去、老境凄凉之孤苦无依，今与昔的巨大落差引发"华屋山丘"的盛衰之感，因而极易产生动摇人心的审美效果。如其《临江仙》："梦后楼台高锁，酒醒帘幕低垂。去年春恨却来时，落花人独立，微雨燕双飞。 记得小蘋初见，两重心字罗衣。琵琶弦上说相思，当时明月在，曾照彩云归。"整首词在梦与醒、真与幻、今与昔之间腾挪转换。往日的软语温存、两情缱绻仿佛就在眼前，而回忆越是如梦般美好，就越是衬托出如今酒醒梦回后形影相吊的无奈悲凉。其他一些偏爱"朝花夕拾"的词人，对于怀旧情绪的时间书写，也多采用今昔对比的手法。比如姜夔怀念合肥恋人所作（见夏承焘《姜白石词编年笺校》词笺卷一）："燕燕轻盈，莺莺娇软，分明又向华胥见。夜长争得薄情知？春初早被相思染。"（《踏莎行》）"花满市，月侵衣。少年情事老来悲。"（《鹧鸪天》）"春未绿，鬓先丝。人间别久不成悲。谁教岁岁红莲夜，两处沈吟各自知。"（《鹧鸪天·元夕有所梦》）等等，通过对念念不忘的"少年情事"的美化和再现，隐现出词人的深哀巨痛，以及心中永难磨灭的伤痕。再如吴文英所作："前事顿非昔，故苑年光，浑与世相隔。向暮巷空人绝，残灯耿尘壁。凌波恨，帘户寂。听怨写、堕梅哀笛。伫立久，雨暗河桥，谯漏疏滴。"（《应天长》）等，用今昔对比的方式书写时间，真幻结合、虚实互生，产生了浓重的历史沧桑感。又如张炎、蒋捷等人亡国后对旧日风流缱绻生活的回顾："当年燕子知何处，但苔深韦曲，草暗斜川。见说新愁，如今也到鸥边。无心再续笙歌梦，掩重门、浅醉闲眠。莫开帘，怕见飞花，怕听啼鹃。"（张炎《高阳台·西湖春感》）"深阁帘垂绣。记家人、软语灯边，笑涡红透。万叠城头哀怨角，吹落霜花满袖。影厮伴、东奔西走。望断乡关知何处，羡寒鸦、到著黄昏后。一点点，归杨柳。"（蒋捷《贺新郎·兵后寓吴》）往昔的风流旖旎与当下的凄惶落魄形成巨大反差，使得词中的时间书写充满了国破家亡的悲慨，凄凉无依的遗民心态和恍如隔世的人世沧桑力透纸背，挥之不去。

再看"老却英雄似等闲"模式。

对于宇宙万物而言，时间飞逝且永恒循环，既然生老病死作为自然规律无人能逃，老年人总喜欢通过回忆往昔的"峥嵘岁月"，以此来弥补岁月流逝、青春不再所造成的遗憾和失落。然而，对于胸怀大志，以天下事为己任的仁人志士而言，流年如电的无奈与"廉颇老矣"的悲凉则更是一对不可调和的矛盾，两者狭路相逢，愈发造成"出师未捷身先老，长使英雄泪满襟"的悲剧效果。比如辛弃疾《鹧鸪天》："壮岁旌旗拥万夫，锦襜突骑渡江初。燕兵夜娖银胡觮，汉箭朝飞金仆姑。追往事，叹今吾，春风不染白髭须。却将万字平戎策。换得东家种树书。"作为一位空怀匡复之志和经纶之才的英雄，辛弃疾一生历经坎坷，屡受苟安的南宋小朝廷排挤打压，长期投闲置散，却终老不忘北伐大业。词人追念往事，将上片壮岁时的恢宏场面与下片的垂垂老态相对照，以最鲜明、最生动的形象，突出作者理想与现实的尖锐矛盾，看似平淡、轻松的自嘲，饱含了辛弃疾对多年来不幸遭遇的抑郁和愤懑，感慨极为深沉。再比如陆游，他是辛弃疾的朋友，由于爱国主战的思想基础相近，受投降派打压的现实遭遇相似，因此其"报国欲死无战场"（陆游《陇头水》）的悲慨也有歙歙相通之气："当年万里觅封侯。匹马戍梁州。关河梦断何处，尘暗旧貂裘。胡未灭，鬓先秋。泪空流。此生谁料，心在天山，身老沧洲。"（《诉衷情》）"壮岁从戎，曾是气吞残虏。阵云高、狼烽夜举。朱颜青鬓，拥雕戈西戍。笑儒冠、自来多误。功名梦断，却泛扁舟吴楚。漫悲歌、伤怀吊古。烟波无际，望秦关何处。叹流年、又成虚度。"（《谢池春》）"贪啸傲，任衰残。不妨随处一开颜。元知造物心肠别，老却英雄似等闲。"（《鹧鸪天》）或以时光飞逝反衬年华老去、壮志成空；或者表达老却英雄无用武之地的悲凉；或是通过今昔对比，表现复国无望的无限悲慨，以及人生价值的失落与人生道路的无可归依。

其二，偏爱言"老""以老为美"的特殊审美范式。

宋人尚老，这是其内敛心态、向内寻求自足的生存方式的重要组成部分，文学作品作为这种心态和生存方式的表征，整体上也表现出崇尚老成、追求老成拙朴，内倾尚理等特点。词是心绪文学，其对于幽微复杂精神世界的关注，以及其"狭而深"的抒情特征，与宋代以"老""弱""病""懒"

等为美的时代审美心理体系相契合，将这类内敛化的文学审美风尚发展到其他文学样式难以企及的高度。宋词中时间书写之"以老为美"的审美追求主要表现为外在表象和内心感悟两个方面。

首先，宋人普遍热衷于在词作中表现衰老之态，尤其是对于自身状态的描述，很多人年纪轻轻就喜欢故作老成，感叹华发早生。

比如："十年一别流光速，白首相逢。莫话衰翁。但斗尊前语笑同。"（欧阳修《采桑子》）"万事一身伤老矣，戎葵凝笑墙东。酒杯深浅去年同。试浇桥下水，今夕到湘中。"（陈与义《临江仙》）"昨夜霜风，先入梧桐。浑无处，回避衰容。问公何事，不语书空。但一回醉，一回病，一回慵。"（苏轼《行香子》）"身健在，且加餐。舞裙歌板尽清欢。黄花白发相牵挽，付与时人冷眼看。"（黄庭坚《清平乐》）等等，实际上，这些在词中自称"老夫""老翁""衰翁"等等的文人，年纪大多不过四五十岁，有的才三十出头，而词人在"老"这一问题上的反复咏叹和纠结，这满眼皆是各种以"老"字修饰的事物或人，以及"白发""白首""华发""苍颜""衰容"之类嗟老叹衰的时间书写，是宋代文人远胜于前代的敏感脆弱的生命意志和自恋式生命关注的放大和外化。值得一提的是，宋词中写年少光阴往往不外乎及时行乐、伤春悲秋、慨叹年华易逝、追抚往昔；而写年老则除了有意言老、慨叹功业无成之外，"白发"之类意象反而经常充满豪情，有老当益壮的自勉和不服老的凌云壮志

其次，宋词中"以老为美"的审美追求又常常表现为对内心感悟的抒写，词人以嗟老伤怀为表象，通过特有的生命经验和体悟，呈现出在宇宙人生的大背景之下，对于时间既锱铢必较、又旷怀达观的时间观和世界观。

比如，关于生命之短暂与功名利禄之虚空，词人有十分透彻的领悟："人世都无百岁。少痴騃、老成尪悴。只有中间，些子少年，忍把浮名牵系。一品与千金，问白发、如何回避。"（范仲淹《剔银灯》）"锺鼎山林都是梦，人间荣辱休惊。只消闲处过平生。"（辛弃疾《临江仙》）等等。生命之暮的倏忽即至使人悲观迷惘，而在经历了一系列曲折的心路历程之后，一些

词人终于战胜自我，找到保持心理平衡和心境安宁的法宝，如："君看今古悠悠，浮宦人间世。这些百岁，光阴几日，三万六千而已。醉乡路稳不妨行，但人生、要适情耳。"（苏轼《哨遍》）用"适情"的态度任天而动，坦然面对现实；又如："世路如今已惯，此心到处悠然。寒光庭下水如天，飞起沙鸥一片。"（张孝祥《西江月》）从自然山水永恒而又和谐的律动中体悟到生命的真谛，获得天人合一的愉悦感。南渡以后，词体的文人化倾向愈发显著，词中关于时间的书写更多表现为言老叹老并泰然处之的文士风流，以及对人生命运的豁然达观和理性反思。

英国诗人弥尔顿在《失乐园》中这样定义时间："永恒的，无始无终的，但也有过去、现在、未来，用以测量万物连续不断的运动。"[1]时间虽非实体，却可以衡量包括人在内的万物的存在：一方面，生命和人生的意义随着时间流动不断书写与实现，另一方面，时间的价值又是通过生命的有限性，并以过去、现在和未来等不同形式来呈现。由此，则如何在有限的时间里完善人生就显得至关重要。虽然从整体而言，宋词中的时间书偏重于强调现世今生和对个体生命的关注，但面对生时有限和死亡的不可避免，多才多思的宋代文人对于生命、历史和宇宙人生又有着非常自觉的理性思考，他们对于时间的态度往往在彻悟与忧患，宏观与微观之间从容自若地游走切换，词中的时间书写既珍重个人的现世时日而弱化政治和社会生活，也因"彻悟"而愈发清醒深刻，由此生发出诸多富有启发性的人生哲理和人生智慧。而词人在有限人生中对精神家园的寻觅，以及对生活生命的异常珍视与热爱，也在一定程度上映现出宋代文人独特的文化心态与审美追求。

（原载于《天府新论》2019年第5期，被《人大复印资料》2019年第12期全文转载）

---

[1] 弥尔顿：《失乐园》，朱维之译，上海译文出版社1984年版，第199页。

# 宋词"历史书写"的多维视域与文化心理考察

秉承中国古代文学创作过程中文化蕴涵的传承性与艺术表现形式的差异性等特征，宋词中的"历史书写"既有对前代文学与文化的绵延与承续，以多维视域实现对历史题材和历史意象的自观与超越，又因词体自身特性和词学观念的发展变化等原因，呈现出不同背景下宋代文人独特的文化心理与宋世风流的多元化特性。因此，宋词的历史书写，无论对于词体自身的发展，还是对于宋代士人文化心理考察，以及对宋代历史的记录，都是值得重视的文学书写形态。

中国古代文人对于历史的书写，不仅体现在数千年来卷帙浩繁、汗牛充栋的各类史书中，也存在于体裁各异、风格迥然的诸多文学作品中。书写历史也是中国古典诗词的传统，自东汉史学家班固一首《咏史》开创咏史诗先河伊始，晋代左思继之以八首《咏史》将诗歌中的历史书写推上托古喻今的新高度，其后，历代诗词中的咏史怀古、或引用和借用历史人物典故等各类形式的历史书写不绝于缕，佳作如云。

秉承中国古代文学创作过程中文化蕴涵的传承性与艺术表现形式的差异性等特征，宋词中的"历史书写"既有对前代文学与文化的绵延与承续，以多维视域实现对历史题材和历史意象的自观与超越，又因词体自身特性和词学观念的发展变化等原因，呈现出不同背景下宋代文人独特的文化心理与宋世风流的多元化特性。

# 一、宋词"历史书写"的多维视域

早在晚唐五代时期，就已经出现书写历史的词作。如"太平天子，等闲游戏，疏河千里。柳如丝，偎倚，绿波春水，长淮风不起。如花殿脚三千女，争云雨，何处留人住？锦帆风，烟际红，烧空，魂迷大业中。"（孙光宪《河传》）书写评论隋炀帝杨广开凿运河，巡幸江都等史事；"景阳钟动宫莺转，露凉金殿。轻飙吹起琼花绽，玉叶如剪。"（孙光宪《后庭花》）写陈后主穷奢极侈、败政亡国的旧事；"南齐天子宠婵娟，六宫罗绮三千。潘妃娇艳独芳妍，椒房兰洞，云雨降神仙。"（毛熙震《临江仙》）反讽南朝齐东昏侯宠潘妃事，等等。宋词中的历史书写一方面沿袭唐五代词的咏史传统并发扬光大，另一方面，在拓宽前代咏史词题材领域的同时，其艺术手法不断精进，书写的视角和维度也更加多元。

### （一）历史事件和历史人物的选择

纵观两宋词坛，关涉历史书写的词作题材内容丰富，表现手法不拘一格。其对于历史事件和历史人物的选择和书写，既有时代背景与士风嬗变等综合因素所促成的共性特征，又因时、因事、因人而不同。现将二者的基本情况大致梳理如下：

1.历史事件

与晚唐五代词中较为薄弱的历史书写相比较，宋词对于历史事件的取材相当丰富，其选材的时间跨度既长，从先秦直至唐代；涵括面也广，几乎宋以前的每个朝代都有涉及，到了南宋，又增加了北宋灭亡、两宫被迫北迁等题材内容。并且，宋代词人对于历史事件的选择，往往笔锋所指，不拘一格，既有恢宏壮阔的重大历史题材，以及那些令人血脉贲张、荡气回肠的英雄往事，也不乏历史长河中偶尔泛起涟漪的旖旎情事，或者虽已被历史尘埃掩埋，却依然让人心生向往的名士风流。

宋词关于先秦历史事件的书写，主要集中在对吴越旧事的追忆、慨叹和感伤。比如"长忆吴山，山上森森吴相庙。庙前江水怒为涛。千古恨犹高。"（潘阆《酒泉子》）叹惋吴相国伍子胥忠而见疑、被赐剑自刎的故事；"想当年、空运筹决战，图王取霸无休。江山如画，云涛烟浪，翻输范蠡扁舟。"（柳永《双声子》）感慨吴越争霸往事；"范夫子，高标韵，秀眉庞。功成长往、有人同载世无双。物外聊从吾好。赖尔工颦妍笑。伴醉玉连缸。尽任扁舟路，风雨卷秋江。"（贺铸《水调歌头》）表达对范蠡功成身退，携西施泛舟五湖传说的无限向往，等等。也偶有笔墨兼及其他，如王安石《浪淘沙令》："伊吕两衰翁。历遍穷通。一为钓叟一耕佣。若使当时身不遇，老了英雄。汤武偶相逢。风虎云龙。兴王只在笑谈中。直至如今千载后，谁与争功。"回顾商朝伊尹、周朝吕尚两位贤人得遇明主，建功立业的历史事件，寄托自己的感慨和希冀。

关于秦汉和三国时期，宋代词人偏爱书写楚汉争霸、三国争雄等重大历史事件。如刘潜和李冠的《六州歌头》（秦亡草昧），两首词内容相似，书写刘项争霸，项羽兵败被围，四面楚歌的史实；三国题材以表现赤壁之战、孙刘联合抗曹为主，名篇如苏轼的《念奴娇·赤壁怀古》、戴复古的《满江红·赤壁怀古》等等，其他如"鼓角临风悲壮，烽火连空明灭，往事忆孙刘。千里曜戈甲，万灶宿貔貅。"（陆游《水调歌头》）"望樊冈，过赤壁，想雄图。寂寥霸气，应笑当日阿瞒疏。收拾周黄策略，成就孙刘基业，未信赏音无。"（岳甫《水调歌头》）"欲问周郎赤壁，叹沙沉断戟，烟锁艨艟。听波声如语，空乱荻花丛。"（郑梦协《八声甘州》）等等，据统计，《全宋词》中涉及三国争雄内容的词作有五十四首之多，由此可见，三国题材的选择和书写，已然成为宋词中历史书写的热点和亮点。

对于六朝历史和与之相关的故事传说，诸如魏晋典章人物和名士风流、淝水之战、六朝兴亡等等，宋词中也有较为密集的书写。比如："念往昔、繁华竞逐。叹门外楼头，悲恨相续。千古凭高，对此谩嗟荣辱。六朝旧事随流水，但寒烟、芳草凝绿。至今商女，时时犹唱后庭遗曲。"（王安石《桂枝香》）"远寻花。正风亭霁雨，烟浦移沙。缓提金勒，路拥桃叶香车。凭高帐饮，照羽觞、晚日横斜。六朝浪语繁华。山围故国，绮散余霞。"（朱敦儒《芰荷香》）"佳丽地。南朝盛事谁记。山围故国绕清江，髻鬟对起。怒涛寂寞打孤城，风樯遥度天际。"（周邦彦《西河·金陵》）等等。由此可见，咏叹六朝兴亡事，词作往往以金陵为依托展开怀古幽思。再比如，代表魏晋风流的孟嘉落帽、张季鹰的莼鲈之思、刘伶醉酒等典故，在宋词中也多有体现。

唐朝旧事被宋词取材最多的即是以唐明皇与杨贵妃为主角的天宝遗事，如欧阳修《浪淘沙》（五岭麦秋残），李冠的《六州歌头·骊山》（凄凉绣岭）等；也有表现五代蜀主孟昶与花蕊夫人情事，如苏轼的《洞仙歌》（冰肌玉骨）。南宋以来，关于北宋灭亡、金瓯残缺的史实在词中也有较为真实的体现，如："心折。长庚光怒，群盗纵横，逆胡猖獗。欲挽天河，一洗中原膏血。两宫何处，塞垣祇隔长江，唾壶空击悲歌缺。万里想龙沙，泣孤臣吴越。"(张元干《石州慢·己酉秋吴兴舟中作》)"戎虏乱中夏，星历一周天。干戈未定，悲咤河洛尚腥膻，万里两宫无路。"（张元干《水调歌头》)，等等。

值得一提的是，在很多情况下，宋词中的历史书写并不拘泥于一时一事，而是在一首词中纵贯时空，将数个历史事件拉杂并用，以满足作者抒情言志的需要。

比如辛弃疾的《永遇乐·京口北固亭怀古》：

千古江山，英雄无觅，孙仲谋处。舞榭歌台，风流总被，雨打风吹去。斜阳草树，寻常巷陌，人道寄奴曾住。想当年，金戈铁马，气吞万里如虎。

元嘉草草，封狼居胥，赢得仓皇北顾。四十三年，望中犹记，烽火扬州路。可堪回首，佛狸祠下，一片神鸦社鼓。凭谁问，廉颇老矣，尚能饭否。

尺幅之内，用三国时少年孙权占断东吴，南朝宋武帝刘裕崛起于微寒而称帝，宋文帝刘义隆草率北伐失利，汉大将霍去病大败匈奴后封狼居胥山，元魏太武帝拓跋焘南侵，廉颇老当益壮等诸多历史事件和历史典故，抚今追昔，悲慨深沉。

2.历史人物

由于历史人物千百年来固有和特定的角色内涵与形象设定，大多数情况下，直接选取和描摹历史人物比历史事件更加直观和深入人心，因此，宋词对历史人物的书写更为普泛。概而言之，宋词中的历史人物主要可归纳为以下三大类：

第一类，文人才子群体。

历朝历代的文人才子，因他们的丰富掌故和文采风流，成为宋词中常见的吟咏对象。比如"望处雨收云断，凭阑悄悄，目送秋光。晚景萧疏，堪动宋玉悲凉。"（柳永《玉蝴蝶》)"苍生喘未苏，买笔论孤愤，文采风流今尚存，毫发无遗恨。"（杨冠卿《卜算子·秋晚集杜句吊贾傅》)"相如当日，曾奏凌云赋。落笔纵横妙风雨。"（曾纡《洞仙歌》）"故国山川，故园心眼，还似王粲登楼。"（周密《一尊红·登蓬莱阁有感》）"徐邈能中酒圣贤，刘伶席地幕青天，潘郎白璧为谁连。"（苏轼《浣溪沙·感旧》）"东篱多种菊，待学渊明，酒兴诗情不相似。"（辛弃疾《洞仙歌》）"瞬息光阴都几许，离情常是迢迢。须信沈腰易瘦，争教潘鬓相饶。"（晁端礼《何满子》）"何须说，扬州旧日，何逊更能诗。"（王庭《满庭芳》）"太白诗魂，玉川风腋，自有飞仙骨。"（石孝友《念奴娇》）等等，分别吟咏宋玉、贾谊、司马相如、王粲、刘伶、潘安、陶渊明、沈约、何逊、李白等历代文人风采。其中，出现频率较高的宋玉、王粲、潘安、陶渊明、沈约等人，又往往因历史人物自身的传闻轶事，以及词体本身特性，而被赋予了诸如宋玉悲秋、王粲登楼、潘安貌美风流、沈约羸弱消瘦等鲜明的文化色彩和个性特征。

第二类，英雄志士群体。

渴望建功立业和青史留名是中国古代文人中较为普遍的价值取向，由此，则历史上璀若群星的英雄志士群体自然成为宋词历史书写关注的焦点。从功高不爵、命运多舛的汉代飞将军李广，"射虎山横一骑，裂石响惊弦。落魄封侯事，岁晚田间"（辛弃疾《八声甘州》）；到南宋名将岳飞，"中兴诸将，谁是万人英。身草莽，人虽死，气填膺。尚如生。年少起河朔，弓两石，剑三尺，定襄汉，开虢洛，洗洞庭。北望帝京"（刘过《六州歌头·题岳鄂王庙》），词人们表达了对英雄志士的景仰和向往。当然，宋词中书写最多、笔墨最为集中的便是三国英雄。在宋词中轮番出场的三国英雄包括曹操、刘备、孙权、诸葛亮、周瑜、陈登等，据有关学者统计，周瑜的出现频率最高，为68首，其余依次是诸葛亮39首，陈登34首，曹操20首，孙权15首，刘备10首。[1]这些璀璨夺目的英雄志士形象，为偏柔偏弱的宋词增添了浓墨重彩的一笔。

第三类，美人才女群体。

---

[1] 方新蓉：《宋词三国英雄意象探析》，《西华师范大学学报》2014年第4期。

在以"男子而作闺音"①为特性的宋词中，当然不能缺少对历代美人才女的集中摹写。被文人们津津乐道的"四大美女"西施、貂蝉、王昭君、杨玉环自不必说，四人的芳名在宋词中皆出现数十次之多，柳永还专门以《西施》为词牌填词三首，董颖作大曲《薄媚·西施》十首咏西施故事，《昭君怨》也是宋词中较为流行的词牌；其他如以善舞轻盈而著称的汉成帝皇后赵飞燕，与项羽同生共死的虞姬，追求美好爱情的卓文君，失意落寞的才女班婕妤，为石崇坠楼的绿珠，独居燕子楼十余年的关盼盼，白居易的家姬樊素和小蛮等等，在宋词中也都偶有惊鸿一现，真可谓繁花满眼，不一而足。宋人又善以《调笑》词集中吟咏历史上或唐代诗文、小说中的才女美人，如郑仅《调笑转踏》十二首中有六首分别咏罗敷、莫愁、卓文君、当垆胡姬、杨贵妃和苏小小；秦观《调笑令》十首中有七首分别咏王昭君、乐昌公主、崔徽、无双、灼灼、盼盼、莺莺；毛滂《调笑》分咏崔徽、泰娘、盼盼、灼灼、张好好等历代女子事，等等。

曲子词本以抒情见长，而历史事件、历史人物和历史典故的引入，无疑在很大程度上拓展了词的表现领域，提高了词的表现能力，这也是词体不断发展成熟的结果。

### (二)多维视域下的历史书写观照

与其他文体一样，宋词对于特定历史事件与历史人物的选择、再现和评价，既是对前代丰富历史信息之思想意蕴与审美内涵的发掘和再利用，也同样离不开以古写今、借古抒怀的现实目的。宋词中的历史书写主要表现为如下几类主题：

1.点缀太平，抒写艳思

毋庸讳言，宋代是一个奢侈享乐之风盛行的朝代，曲子词又本为宴饮活动所催生的酒边花下助兴佐欢之作，以"词为艳科"为本色，由此，则用古雅之风，应当时之景，借历史上的典故人物点缀太平、抒写艳思也自然是顺

---

① 田同之:《西圃词说》,唐圭璋《词话丛编》,中华书局1986年版,第1449页。

理成章的事情。比如："对佳丽地，信金罍罄竭玉山倾。拚却明朝永日，画堂一枕春醒。"（柳永《木兰花慢》）"遇酒追朋笑傲，任玉山摧倒。"（王观《红芍药》）"金谷繁花春正好。玉山一任樽前倒。"（李之仪《蝶恋花》）用嵇康"玉山倾倒"之典，描绘纵酒狂欢的场面；"恣幕天席地，陶陶尽醉太平，且乐唐虞景化。"（柳永《抛球乐》）"一硕刘伶，五斗将来且解酲。"（王观《减字木兰花》引刘伶幕天席地和善饮的逸闻轶事；"西园夜饮鸣笳，有华灯碍月，飞盖妨花。"（秦观《望海潮》）"望西园，飞盖夜，月到清尊。"（毛滂《于飞乐》）用曹丕、曹植"西园之会"掌故，等等。传达出太平盛世之下人们的欢乐情绪，渲染了宋代由朝堂至市井，从都市到乡邑普遍弥漫的纵游烂赏、恣情蔓延的享乐之风和及时行乐的价值取向。

同时，宋词的历史书写又往往带有其独特的香艳色彩。一方面，对于历史人物的选择，宋代词人偏爱那些艳名远播的美女佳人，且相当注重对她们容貌、体态、以及服饰妆容等的描摹。比如："苎萝妖艳世难偕。善媚悦君怀。后庭恃宠，尽使绝嫌猜。"（柳永《西施》）写西施妖艳无双的媚态，"逢迎一笑金难买。小樱唇、浅蛾黛。玉环风调依然在。"（贺铸《攀鞍态》）用玉环的美艳比拟歌妓，"瀛仙好客过当时。锦幌出蛾眉。体轻飞燕，歌欺樊素，压尽芳菲。"（洪适《眼儿媚》）以历史上的飞燕、樊素两大美女，极写歌妓夺人心魄的舞技体貌，等等。而对于男性历史人物，他们玉树临风的仪态风神，以及引人遐思的风流韵事，诸如宋玉东墙、相如琴挑、韩寿偷香、何郎傅粉等情思旖旎的典故，也常被宋代词人信手拈来，给脂红粉翠、缠绵徘恻的宋词增添更加香艳的色调。另一方面，即使在描写宏大战争场面，追慕历史上的英雄人物之时，词人也不忘以美女温柔的红巾翠袖来点缀，比如苏轼《念奴娇·赤壁怀古》："遥想公瑾当年，小乔初嫁了，雄姿英发。羽扇纶巾，谈笑间、樯橹灰飞烟灭。"这无疑使得雄姿英发的英雄形象又具有了风流倜傥浪漫的色彩。

2.以古鉴今，理性反思

对于历史的功过沧桑、朝代的更迭兴废，宋代词人在感慨伤怀之外，又从理性角度进行反思，概括和总结历史的发展规律，怀古抚今，寓鉴戒之意。

以宋词中较为集中的六朝兴废事为例，词人对于此段历史的书写往往在慨叹兴亡的同时，关注到历史与现实的相似性，表达知识分子对国家前途命运深深的忧虑，以史鉴今地对当朝统治者提出警示。比如贺铸的《水调歌头》（南国本潇洒）和王安石的《桂枝香》（登临送目），都在感叹六朝因耽于淫乐而相继亡国后，发出诸如"商女篷窗罅。犹唱后庭花"（贺铸《水调歌头》），"至今商女，时时犹唱，《后庭遗曲》"（王安石《桂枝香》）之类警戒当世之语。

又如唐天宝年间玄宗荒淫、杨妃专宠的史事，宋词对此也多有呈现，欧阳修的《浪淘沙》（五岭麦秋残），即从杨贵妃喜食鲜荔枝，玄宗命人从岭南、西蜀驰驿进献事兴发慨叹，含蓄地提出戒鉴和警示。

再比如，靖康之乱以后，南宋朝廷偏安一隅，不思进取，仁人志士往往选取那些对当政者有所鞭策、激励、启发的题材入词，通过赞美和追慕历史上建功立业、叱咤风云的英雄，表现出忧时愤世、劝诫当朝的意图。抗金名臣李纲面对国土沦丧，国家分崩的现实，作咏史词七首，其中，《雨霖铃·明皇幸西蜀》以安史之乱中唐明皇避乱西蜀事暗讽高宗南逃；其它如《念奴娇·汉武巡朔方》盛赞汉武帝扫平匈奴的丰功伟业；《水龙吟·光武战昆阳》赞美光武帝刘秀的中兴大业；《喜迁莺·晋师胜淝上》怀念淝水之战中谢安以少胜多、横扫前秦百万大军的功绩；《水龙吟·太宗临渭上》写唐太宗亲帅大军平定突厥的战功，等等。借古讽今，表达对收复失地、建立不朽功业的向往，具有鲜明的指向性和现实意义。而词人们怀才不遇、壮志难酬的苦闷和悲愤，也常采用借古人之酒杯，浇今人之块垒的手法："千古李将军，夺得胡儿马。李蔡为人在下中，却是封候者。"（辛弃疾《卜算子》）"凄恻近长沙，地僻秋将尽。长使英雄泪满襟，天意高难问。"（杨冠卿《卜算子》）等等，通过书写历史上李广、贾谊这样的悲剧英雄和失意文人，寄寓自己的理想，体味共同的苦痛，从而达到古今为一的心灵契合与共鸣。

3.纵观历史，感悟人生

博学多思的宋代词人，其对于历史的书写，不但能够入乎其内，且能出乎其外，超脱于现实的圈囿，将历史的沧桑、时空的无情、人生的虚无和无常，升华为一种普遍存在的悲剧意识和对人世的悲悯，由此纵观历史，感悟人生。

面对无垠而永恒的时空，因历史沧桑、朝代兴衰、世事无常而产生的普泛化的人生悲感，由于词人的人生经历、性情品格、眼界高下等综合因素而存在很大差异。其中，既有对历史虚无与人生短暂的感叹："自古帝王州，郁郁葱葱佳气浮。四百年来成一梦，堪愁。晋代衣冠成古丘。"（王安石《南乡子》）"南去北来愁几许，登临怀古欲沾衣。试问越王歌舞地。佳丽。只今惟有鹧鸪啼。"（李泳《定风波·感旧》）；也有看破红尘古今、寄情诗酒山水的自我开解："昨夜因看蜀志。笑曹操、孙权、刘备。用尽机关，徒劳心力，只得三分天地。屈指细寻思，争如共、刘伶一醉。"（范仲淹《剔银灯》）"平芜千里，古来佳处几回秋。歌舞当年何在，罗绮一时同尽，梦幻两悠悠。杯到莫停手，唯酒可忘忧。"（丘崇《水调歌头·登赏心亭怀古》）在历尽人生的升沉荣辱，综观浩渺的历史宇宙以后，还有词人选择随缘自适，以旷达的胸襟与超越的时空观融入历史，体味人生。如苏轼的《满江红·寄鄂州朱使君寿昌》："江表传，君休读。狂处士，真堪惜。空洲对鹦鹉，苹花萧瑟。不独笑书生争底事，曹公黄祖俱飘忽。愿使君、还赋谪仙诗，追黄鹤。"在历史的长河中，渺小的个体微不足道，只有超越自我，以通脱豁达、自然适意的态度去化解，才能无往而不利，获得真正的快慰与解脱。

总之，无论时代背景和人生际遇的变化带来何种情绪波动和情感触发，宋代词人往往能从丰富多彩的历史中找到人生的指引和心灵的寄托，将历史与现实、宇宙与个体巧妙结合，借助书写历史事件和历史人物来比况现实境遇，表达与抒发个体深层次的情感体验和志向襟抱。

# 二、宋词"历史书写"的文化心理考察

历史的书写往往包含着现实的动因，从北宋到南宋，赵宋统治既有其固守的、一脉相承的思想文化内核，也由于时代背景、政治局势等不断变化而引起文人心态，以及他们思想气质、意识形态等方面的巨大差异。由此，则宋词"历史书写"所蕴涵和映射出的文化心理，一方面凸显出雅俗交融等趋同性和延续性特征，另一方面，也不可避免地表现为因北宋的太平盛世与南宋的偏安衰世所催生的截然不同的气度和格调。

## （一）雅俗交融的审美趣味和人生旨趣

高克勤先生在论及宋代士人的雅俗观念时指出："宋代士大夫雅俗观念的核心是忌俗尚雅，但已与前辈士人那种远离现实社会的高蹈绝尘的心境不同，其审美追求不仅停留在精神上的理想人格的崇高和内心世界的探索上，而同时进入世俗生活的体验和官能感受的追求、提高上。"①事实上，这种"世俗生活的体验和官能感受"不但被宋代士人阶层普遍接受，并引起他们生活方式和价值思维的转变，也使得他们的审美趣味和人生旨趣呈现出雅俗交融的整体态势。反映和投射到宋词的历史书写之中，主要体现在以下两个方面：

1.理与情的融合：宋词对于历史人物的一体多面化书写

有宋一代是思想和言论都较为自由的时代。宋代士人一方面以道自律、以气节相许，另一方面又承认情色欲念的现实合理性。如罗泌《六一词跋》即云："情动于中，而行于言，人之常也。诗三百篇，如俟城隅、望复关、摽梅实、赠芍药之类，圣人未尝删焉。陶渊明《闲情》一赋，岂害其为达。"黄庭坚《小山词序》亦云："若乃妙年美士，近知酒色之娱，苦节臞儒，晚

---

① 高克勤:《宋代文学研究的突破》,《复旦学报》,1998年第4期。

悟裙据之乐，鼓之舞之，使宴安鸩毒而不悔。"①在理与情的选择和处理上普遍表现出通达圆融的态度。

在宋词的历史书写中，理与情既相互独立，又奇妙融合的情况并不少见。比如，备受宋代词人青睐的名士宋玉，其在宋词中的形象就集中体现了创作者或雅而悲、或艳而俗、或雅俗兼容的审美嗜尚和品味。词中宋玉的形象大致有三种：一为因贫士失职而悲秋的雅士宋玉："追思往事，念当年、悲伤宋玉。渐危楼向晚，魂销处、倚遍阑干曲。"（赵长卿《瑞鹤仙·残秋有感》）"旧家宋玉，是何人、偏到秋来凄惨。细雨疏风天气冷，离别令人销黯。"（葛长庚《酹江月》）二为创作《高唐赋》《神女赋》的风流才子宋玉："无端宋玉夸才赋。诬诞人心素。至今狂客到阳台。也有痴心，望妾入、梦中来。"（解昉《阳台梦》）"空忆兰台，公子高唐句。断雨残云无觅处。"（袁去华《蝶恋花》）三为因外表俊美而被"东邻"美女关注和追逐三年的美男子宋玉："宋玉短墙东畔，桃源落日西斜。浓妆下著绣帘遮。鼓笛相催清夜。"（黄庭坚《西江月》）"三年宋玉墙东畔。怪相见，常低面。一曲文君芳心乱。"（晁补之《青玉案》）甚至，在同一位作家笔下，宋玉的多种形象兼而有之，比如柳永词中："当时宋玉悲感，向此临水与登山。远道迢递，行人凄楚，倦听陇水潺湲。"（《戚氏》）"见说兰台宋玉，多才多艺善词赋。试与问、朝朝暮暮。行云何处去。"（《击梧桐》）其他如周瑜，在宋词中既是顾曲之儒雅风流的周郎，又是赤壁之战中功勋卓著英雄豪杰；诸葛亮既是治国有方的谋士，又呈现为出师未捷身先死的悲剧人物，以及淡泊功名富贵的隐士的形象。宋代词人对于历史人物形象的一体多面化处理，在一定程度上体现了士人阶层对理与情融合、传统风范与现实风情相结合的审美受容。

正如钱锺书先生在《宋诗选注·序》中所说："宋代五、七言诗讲'性理'或'道学'的多得惹厌，而写爱情的少得可怜。宋人在恋爱生活里的悲

---

① 金启华等编：《唐宋词集序跋汇编》，江苏教育出版社1990年版，第45-67页。

欢离合不反映在他们的诗里,而常常出现在他们的词里。"①由于词体言情的专长,理与情的交接与融合显然在宋词中表现得更为彻底和自由。

2.放纵与哲思:创作主体多重人格的完美融合

在漫长的历史过程中,时光如水,去留无声,一切兴衰荣辱、是非成败,转眼成空。历史的虚无和人生的短暂引发宋代词人对于时间、生命的深思和感悟,随之而来的,既有及时行乐的放纵,也有深刻达观的哲思,多情善感的才子式生活情趣与兼济而独善的士大夫文化心理互为表里,创作主体的多重人格实现了水乳交融的统一。

反观历史,不少词人采用及时行乐、放纵生命的方式来驱散心中的怅惘和无奈。他们或沉醉于美人醇酒,"凄凉阑干外,一簇江山,多少图王共争霸。莫闲愁、金杯潋滟,对酒当歌,欢娱地、梦中兴亡休话"(潘牥《洞仙歌》);或寄情于诗酒风月,"俯仰人间今古。神仙何处。花前须判醉扶归,酒不到、刘伶墓"(陆游《一落索》);或潦倒放旷、难得糊涂,"尝试平章先贤传,屈原醒、不似刘伶醉。拼酩酊,卧花底"(刘克庄《贺新郎》),等等。潜隐于其中的,正是词人在参悟历史兴亡、人世无常以后,以顺从流俗的姿态,间接表达的对生命缱绻执着与热爱。

与此同时,沉潜于义理人格而追求雄深雅健境界的宋代文人,又通过对佛家、道家、儒家等诸家思想的领悟与融会贯通,来保持自身人格的独立和内心世界的宁静,从而使宋词中的历史书写具有了较为深广的哲思和复杂的人生况味。比如,"当时共客长安。似二陆初来俱少年。有笔头千字,胸中万卷,致君尧舜,此事何难。用舍由时,行藏在我,袖手何妨闲处看。身长健,但优游卒岁,且斗尊前"(苏轼《沁园春》),积极入世的澎湃激情与被迫消极袖手的无奈纠结缠绕,貌似旷达而实则苦闷;"叹古今得失,是非荣辱。须信人生归去好,世间万事何时足。问此春、春酝酒何如,今朝熟。"(吕本中《满江红》)"古今多少遗恨,俯仰已尘埃。不共青山一笑,不与黄花一醉,怀抱向谁开。"(方岳《水调歌头》)充分体现了宋代文人入世而又

---

① 钱锺书:《宋诗选注》,人民文学出版社1958年版,第1页。

超脱，深谙世事又善于自我排遣的智慧；"百岁光阴如梦断，算古今、兴废都如此。何用洒，儿曹泪。"（吴潜《贺新郎》）"安得便如彭泽去，不妨且作山翁酪。尽古今、成败共兴亡，都休省。"（吴潜《满江红》）既有出尘风度，又洒脱决绝；"古今如梦，何曾梦觉，但有旧欢新怨。异时对，黄楼夜景，为余浩叹。"（苏轼《永遇乐》）由古及今，又由今思及未来，万物瞬间生灭的无限感慨中，蕴涵着深刻的哲学思辨色彩。

宋词中将经济之志、江湖之趣与儿女之情巧妙融合的历史书写，较为真实地体现宋代士人特有的士林风流与市井风流合二为一的生命情调和精神风貌。反观之，这也正是由于随俗婵娟的生活时尚与严肃的士大夫主体意识相结合，从而达到创作主体多重人格的和谐统一的必然结果。

### （二）盛世华章与衰世哀音：南北宋词历史书写的不同格调和气度

由于北宋与南宋之间历史背景与社会环境的不同，两宋词中的历史书写在材料取舍、风格特征、甚至于格调和气度等方面也都呈现出一定的时代差异性。

首先，两宋词历史书写的材料选取和书写视角各有侧重。

大致而言，北宋词多吟咏历史上的美人才女、文人雅士，南宋词则多激赏赞美过往的英雄豪杰、仁人志士；北宋词多援引史上趣事逸闻、典章故事以增其风流意趣，南宋词则多回顾遥远的激荡岁月、疆场血火来表达追慕和自勉；北宋词注重内在风神气度，南宋词则强调历史功绩。比如宋词中经常出现的三国魏晋题材，北宋词人偏爱书写竹林七贤之类名士的风流旷达、潇洒不拘："千古风流阮步兵。平生游宦爱东平。千里远来还不住。归去。空留风韵照人清。"（苏轼《定风波·送元素》）"竹林、高晋阮，阿咸潇散，犹愧风期。"（晁补之《满庭芳》）推崇追慕魏晋名士俊逸潇散、遗落世事的风神；而南宋词则更为关注三国英雄名将的雄才大略和丰功伟业："收拾周黄策略，成就孙刘基业，未信赏音无。"（岳甫《水调歌头》）"鼓角临风悲壮，烽火连空明灭，往事忆孙刘。千里曜戈甲，万灶宿貔貅。"（陆游《水调歌头·多景楼》）借词托志、咏史鉴今，映射出时代悲情所赋予的愤激和无奈。而即便书写同样的历史题材，北宋词与南宋词也呈现出不同的风容色泽和情感基调。比如三国英雄曹操、刘备、周瑜等，北宋词人选用曹操"望梅止渴"、刘备以"求田问舍"为耻、周郎顾曲风流等逸闻轶事："入鼎调羹，攀林止渴，功业还依旧。"（杨无咎《永遇乐·梅子》）"老去才都尽，归来计未成。求田问舍笑豪英。自爱湖边沙路、免泥行。"（苏轼《南歌子》）"且共周郎按曲，音微误、首已先回。"（赵长卿《满庭芳》）；南宋词人则凸显历史英雄叱咤风云的伟业，其中交织着词人们渴望建立功业却又壮志难酬的愤懑失意："吴楚地，东南拆。英雄事，曹刘敌。被西风吹尽，了无陈迹。楼观才成人已去，旌旗未卷头先白。叹人间、哀乐转相寻，今犹昔。"（辛弃疾《满江红》）"想当时、周郎年少，气吞区宇。万骑临江貔虎噪，千艘列炬鱼龙怒。"（戴复古《满江红·赤壁怀古》）再比如，三国时著名的美女小乔，在北宋词中是"弄丝调管，时误新声，翻试周郎"（贺铸《诉衷情》）一类艳丽轻倩、温香软玉的动人形象，而到了南宋词中，却变成了"浥浥小桥红浪湿，抚虚弦、何处得郎闻"（王质《八声甘州》）这样孤苦凄凉的孀妇，其写作视角和审美心理的差异可见一斑。

其次，由于时代心理不同，两宋词历史书写的风格特征，及其所呈现的气度格调也存在诸多差异。

简而言之，北宋时期虽然也经历过内忧外患，但百年之间大抵是"太平日久，人物繁阜。垂髫之童，但习鼓舞，斑白之老，不识干戈"[①]的太平盛世，富庶繁荣的社会经济环境与宽松的政治氛围，不仅鼓舞了士大夫文人济世报国的雄心，促使他们不断追求自己匡世济民的政治理想，也潜移默化地影响着北宋士人的哲学思想和审美趣尚，催生了他们旷怀达观的处世哲学和自然适意的人生态度。靖康之变后，南宋朝廷偏安一隅，面对残山剩水不思进取，反而文恬武嬉，沉醉于轻歌曼舞、浅斟低唱之中，国势日渐衰颓。对此，志士仁人很难视而不见，满足于自我的平静与解脱；然而，报国无门的

---

① 孟元老：《东京梦华录》，中国商业出版社1982年版，第1页。

残酷现实，却一次次扑灭他们的爱国热情，使得他们心灰意懒。由此，则北宋词中的历史书写，往往流露出词人生逢盛世、海内升平的恬淡、自信和洒脱，而南宋词中的对历史的书写回顾，却浸染着浓重的忧患意识和无力回天的哀叹，以及貌似达观的自我开解与遁世逃避。以苏轼和辛弃疾为例，苏轼《念奴娇·赤壁怀古》与辛弃疾《南乡子·登京口北固亭有怀》都是通过缅怀三国人物，慨叹人生苦短、英雄远逝、功业难成的作品。苏词中虽蕴含着仕路蹭蹬、壮怀莫酬之悲，但很快能从失意中跳脱出来，自解自慰，以淡然与超脱的态度来感悟人生，从而呈现哲思远观和清旷豪迈之风："故国神游，多情应笑我，早生华发。人生如梦，一樽还酹江月。"而辛词则更多耿耿执着于现实，表达英雄不再、国事无望的悲愤："天下英雄谁敌手，曹刘。生子当如孙仲谋。"悲凉沉郁而心有不甘，无法做到真正的超然与达观。

再比如，同样是借书写严光等历史人物传递隐逸情怀，北宋词格调闲雅、淡定从容："绕严陵滩畔，鹭飞鱼跃。游宦区区成底事，平生况有云泉约。归去来、一曲仲宣吟，从军乐。"（柳永《满江红》）"重重似画，曲曲如屏。算当年、虚老严陵。君臣一梦，今古虚名。但远山长，云山乱，晓山青。"（《行香子·过七里滩》）等；南宋词则由于国事无望、身世飘萍，恬淡悠然之下潜隐着焦灼、清冷和无枝可依的悲凉："兵气暗吴楚，江汉久凄凉。当年俊杰安在，酌酒酹严光。南顾豺狼吞噬，北望中原板荡，矫首讯穹苍。归去谢宾友，客路饱风霜。"（李光《水调歌头》）"灯前吊影成双。叹星星丝鬓，老矣潘郎。愁偏欺客枕，样不入时妆。尘面目，铁心肠。归隐又何妨。小滩头、曲竿直钓，谁识严光。"（赵必璂《意难忘》）等等，展示了北宋词的历史书写重真性情和个人襟抱，而南宋词则以史写今，重布局和安排的风格特征。

概而言之，宋词中的历史书写可以看作词体诗化趋向的组成部分，与词体发展的整体轨迹相一致。一方面，宋词中的历史书写，其数量上的不断增加和表现手法的日趋繁复，体现了词体对于传统审美观念的突破和士大夫主体意识的不断渗入；另一方面，词体固有的特性，又使其在思想内容、表现手法、写作视角等诸多方面呈现出与诗歌书写判然有别的艺术风貌。因此，宋词的历史书写，无论对于词体自身的发展，还是对于宋代士人文化心理考察，以及对宋代历史的记录，都是值得重视的文学书写形态。

（原载于《中国韵文学刊》2021 年第 3 期）

# 宋南渡后岭南词坛的地域书写及其审美意蕴

宋室南渡以后，随着大量流亡、寓居、贬谪词人的涌入，岭南词坛逐渐繁荣。岭南迥异于中原的人文和自然景观引发词人们极大的兴趣和创作热情，由此，岭南的自然风景、城市风光和风土人情开始较频繁地出现在南渡后的岭南词作中，表现为具有浓郁岭南风味的地域书写倾向。这不但扩大和更新了宋词的意象群，提供给读者不同于以往的审美新感受，也促进了南渡后地域多元化词学格局的形成。

宋室南渡以后，随着政治、经济中心南移，文化版图和格局也发生相应变化，这种变化对词人群的地域分布产生重要影响。由于岭南远离中原战火，加之区域经济地位不断提升，大量流亡、贬谪文人涌入，被岭南风情所感染，创作出表现岭南地域风光及风土人情的词作。本文力图从内容、艺术表达、意义等三个方面对南渡后岭南词坛的地域书写作初步探讨。

# 一、南渡后岭南词坛的地域书写倾向

南渡以后，北方大量士大夫文人避难或迁居于岭南。一方面，由于岭南天高地远，避地于此比较安全，如庄绰《鸡肋编》云："自中原遭胡虏之祸，民人死于兵革水火疾饥坠压寒暑力役者，盖已不可胜计，而避地二广者，幸获安居。"另一方面，建炎、绍兴初年，北方士民集体南迁，导致两浙等东南富庶之地人口急遽膨胀，物价飞涨："四方流徙者尽集于千里之内，故以十五州之众当今天下之半。计其地不足以居其半，而米粟布帛之直三倍于旧，鸡豚菜菇、樵薪之鬻五倍于旧，田宅之价十倍于旧。"①由此，则"江北士大夫，多避地岭南者"②这其中不乏如吕本中、曾几、朱敦儒、陈与义等著名文士，他们的到来，壮大了岭南文学的创作队伍，在一定程度上提升了岭南地区的文学创作水平。比如建炎四年初（1130），吕本中避乱南行，至连州，后又流寓全州、桂州、柳州、贺州等岭南诸地，历数载，绍兴三年（1133）北归。其在岭南创作的诗词不但描写异地风土人情，也抒发了避难者的颠沛流离之感和家国之痛。又比如靖康元年（1126），金兵攻占汴京，宋室南渡，朱敦儒随大批难民辗转流离逃至岭南，在粤西泷州暂住。其词集《樵歌》之中，有十三首词即作于岭南。由于岭南偏远的地理位置、落后的自然经济环境，以及长久以来蛮荒未化的人文历史背景，加之国亡家散的遭

---

① 叶适：《叶适集水心别集》，中华书局1961年版，第655页。
② 李心传：《建炎以来系年要录》卷五十六，《丛书集成初编》本。

遇，其"天涯沦落"的漂泊疏离心态和思乡之情始终挥之不去："悲歌醉舞，九人而已，总是天涯倦客……东风吹泪故园春，问我辈、何时去得？"①（《鹊桥仙·康州同子权兄弟饮梅花下》）"泷州几番清秋。许多愁。叹我等闲白了、少年头。人间事。如何是。去来休。自是不归归去、有谁留。"（《相见欢》）"北客相逢弹泪坐，合恨分愁。无酒可销忧。但说皇州。天家宫阙酒家楼。今夜只应清汴水，呜咽东流。"（《浪淘沙》）"伊是浮云侬是梦，休问家乡。"（《浪淘沙·康州泊船》）等等，词人通过今昔对比，抒写了面对山河破碎、满目疮痍的亡国之痛和去国离乡的悲苦，这也是南渡初期大部分流寓岭南词人的普遍心态。

同时，岭南迥异于中原的人文和自然景观引发词人们极大的兴趣和创作热情，由此，岭南的自然风景、城市风光和风土人情开始较频繁地出现在南渡后的岭南词作中，表现出具有浓郁岭南风味的地域书写倾向。

首先，词人善于展现岭南优美的自然风景和繁华的都市风光。作为广南东路的治所，全国三大港口之一，广州是南宋时期岭南最繁华的大都市，当时已有著名的羊城八景，为：扶胥浴日、海山晓雾、菊湖云影、蒲涧帘泉、大通烟雨、光孝菩提、石门返照、珠江秋色。洪适寓居广州时，为知州方滋僚属，曾作《番禺调笑》，以联章体形式分咏广州的"羊仙像""药洲""海山楼""素馨巷""汉朝台""浴日亭""蒲涧濂泉""贪泉""沉香浦""清远峡"等十处神话传说和名胜古迹。

如"羊仙"：

黄木湾头声哄然。碧云深处起非烟。骑羊执穗衣分锦，快睹浮空五列仙。腾空昔日持铜虎。嘉瑞能名灼前古。羽人叱石会重来，治行于今最南土。

南土。贤铜虎。黄木湾头腾好语。骑羊执穗神仙五。拭目摩肩争睹。无

---

① 唐圭璋：《全宋词》，中华书局1999年版，本文所选用宋词皆用此版本，以下不再一一注明。

双治行今犹古。嘉瑞流传乐府。

古代神话传说中有五位仙人乘五色羊、拿六穗降临广州，其由此得名"羊城"。此词为总起，渲染广州的嘉瑞气象，为下面联章组词之歌舞升平氛围定下基调。

如"浴日亭"：

扶胥之口控南溟。谁凿山尖筑此亭。俯窥贝阙蛟龙跃，远见扶桑朝日升。蜃楼缥缈擎天际。鹏翼缤翻借风势。蓬莱可望不可亲，安得轻舟凌弱水。

弱水。天无际。相去扶胥知几里。高亭东望阳乌起。杲杲晨光初洗。蓬莱欲往宁无计。一展弥天鹏翅。

今广州黄埔区庙头村，古属扶胥镇。村中南海神庙西侧，有一座十多米的小山丘，古时叫作章丘。宋时这里三面环水，"前临大海，茫然无际"，山丘上建有小亭，被称为看海亭。清晨，红霞初升，万顷碧波顿时染上一层金光，一轮红日从海上冉冉升起。此时，日映大海，海空相接，霞光万道，这就是历史上宋代羊城八景之首的"扶胥浴日"。

如"蒲涧帘泉"：

古涧清泉不歇声。昌蒲多节四时青。安期驾鹤丹霄去，万古相传此化城。依然丹灶留岩穴。桃竹连山仙境别。年年正月扫松关，飞盖倾城赏佳节。

佳节。初春月。飞盖倾城尊俎列。安期驾鹤朝金阙。丹灶分留岩穴。山中花笑秦皇拙。祠殿荒凉虚设。

蒲涧是白云山中的一条山涧，《广州记》云涧中盛产一寸九节的菖蒲。

《南越志》称"此菖蒲安期所饵，可以忘老"。蒲涧中有高崖滴水，滴水受山风吹散，化为雨点，自三四十米高崖飘下，飞溅如雾。雨时水大，成为水帘。据载，宋时该处风景如世外桃源一般。

如"沈香浦"：

炎区万国侈奇香。载归来有巨航。谁人不作芳馨观，巾箧宁无一片藏。饮泉太守回瓜戍。搜索越装舟未去。慧苡何从起谤言，沈香不惜投深浦。

深浦。停舟处。只恐越装相染污。奇香一见如泥土。投著水中归去。令公早晚回朝著。无物迟留鸣舻。

"沈香浦"在广州市西郊的江滨。相传晋广州刺史吴隐之曾投沉香于其中，因而得名。宋时已成为商贾云集、万舟竞航的港口。避难岭南的朱敦儒也曾作《南歌子·住近沈香浦》词。

如"药洲"：

传闻南汉学飞仙。炼药名洲雉堞边。炉寒灶毁无踪迹，古木闲花不计年。惟余九曜巉岩石。寸寸沧漪湛天碧。画桥彩舫列歌亭，长与邦人作寒食。

寒食。人如织。藉草临流罗饮席。阳春有脚森双戟。和气欢声洋溢。洲边药灶成陈迹。九曜摩挲奇石。

"药洲"为南汉皇帝炼丹之地，有人工湖曰"西湖"，湖中建洲，洲中奇石林立、花香馥郁，沿湖桥、亭、楼、馆、榭连绵不绝，是风景绝佳的园林胜地。南渡以后，药洲成为广州士民游览避暑、泛舟觞咏之所，嘉定元年（1208）经略使陈岘又在湖面种上白莲，并建爱莲亭，"药洲"由此更加热闹繁华，到了明代，"药洲春晓"已成为明代羊城八景之一。

如"海山楼"：

高楼百尺迩严城。披拂雄风襟袂清。云气笼山朝雨急，海涛侵岸暮潮生。楼前箫鼓声相和。戢戢归樯排几柁。须信官廉蚌蛤回，望中山积皆奇货。

奇货。归帆过。击鼓吹箫相应和。楼前高浪风掀簸。渔唱一声山左。胡床邀月轻云破。玉尘飞谈惊座。

海山楼是宋代广州名楼，下临珠江。在海山楼上眺望珠江，近岸白鸥翻飞，百舸云集，帆影错落如阵；远处江流浩渺，水天一色，尤以天刚亮且雨过天晴时为最美。

番禺（广州）人李昂英的《水调歌头·题斗南楼和刘朔斋韵》对南宋时期广州风光做了全景式描绘：

万顷黄湾口，千仞白云头。一亭收拾，便觉炎海豁清秋。潮候朝昏来去，山色雨晴浓淡，天末送双眸。绝域远烟外，高浪舞连艘。

风景别，胜滕阁，压黄楼。胡床老子，醉挥珠玉落南州。稳驾大鹏八极，叱起仙羊五石，飞佩过丹丘。一笑人间世，机动早惊鸥。

词人立于斗南楼上，波涛万顷的黄湾口，高耸入云的白云山，无限风光尽收眼底。而"绝域远烟外，高浪舞连艘"则更反映了广州作为南宋第一大港口，其商业贸易的繁盛，颇具地方特色。

乾道元年（1165），张孝祥出任静江府（治所在今广西桂林）兼广南西路经略安抚使，赴官途中即作《南歌子·过严关》："路尽湘江水，人行瘴雾间。昏昏西北度严关。天外一簪初见、岭南山。 北雁连书断，秋霜点鬓斑。此行休问几时还。唯拟桂林佳处、过春残。"行进于瘴雾之间，兴奋之情却溢于言表。而当其于桂林任上时，更深深陶醉于当地自然人文风光，挖掘出岭南的别样风情。

又如其《水调歌头·桂林集句》：

五岭皆炎热，宜人独桂林，江南驿使未到，梅蕊破春心。繁会九衢三市，缥缈层楼杰观，雪片一冬深。自是清凉国，莫遣瘴烟侵。

江山好，青罗带，碧玉簪。平沙细浪欲尽，陡起忽千寻。家种黄柑丹荔，户拾明珠翠羽，箫鼓夜沈沈。莫问骖鸾事，有酒且频斟。

桂林的奇山秀水和繁华的城市风光让人徜徉其间、流连忘返，难怪张孝祥要发出"老子兴不浅，聊复此淹留"（《水调歌头·桂林中秋》）的慨叹。

又比如，南渡贬谪词人李光，以中原士人的眼光描绘了海南岛的风光。其《水调歌头》二首：

自笑客行久，新火起新烟。园林春半风暖，花落柳飞绵。坐想稽山佳处，贺老门前湖水，歌侧钓鱼船。何事成淹泊，流转海南边。

水中影，镜中像，慢流连。此心未住，赢得忧患苦相缠。行尽荒烟蛮瘴，深入维那境界，参透祖师禅。宴坐超三际，潇洒任吾年。

独步长桥上，今夕是中秋。群黎怪我何事，流转古儋州。风定潮平如练，云散月明如昼，孤兴在扁舟。笑尽一杯酒，水调杂蛮讴。

少年场，金兰契，尽白头。相望万里，悲我已是十年流。晚遇玉霄仙子，授我王屋奇书，归路指蓬郑。不用乘风御，八极可神游。

在荒烟蛮瘴、群黎蛮讴的海南岛，依然有"风定潮平如练，云散月明如昼"的独特自然风光，展现了较为浓郁的南方风情与岭南特色。

南渡词人对于岭南地区自然和都市风光的关注和摹写，多侧面多角度地展示了当地政治、经济、风俗等多方面内容，不但具有文学价值，而且颇具史料价值。

其次，具有岭南地域特色的各类意象也是词人们喜爱描写的内容。

比如，荔枝作为岭南佳果，有着悠久的种植历史。据晋嵇含《南方草木状》所载："荔支树，高五六丈余，如桂树，绿叶蓬蓬，冬夏荣茂，青华朱实，实大如鸡子，核黄黑似熟莲，实白如肪，甘而多汁。"[1]又据蔡襄《荔枝谱》载："荔枝之于天下，唯闽粤、南粤、巴蜀有之。汉初，南粤王尉佗以之备方物，于是始通中国。"[2]作为岭南特产，荔枝以其艳丽的外观及鲜嫩可口的味道备受词人青睐："正枝头荔子，晚红皱、袅熏风。"（曾觌《木兰花慢》）"唤起封姨清晚景，更将荔子荐新圆。"（张孝祥《浣溪沙》）"正火山槐夏，黛叶缃枝，荔子新摘。"（赵长卿《醉蓬莱》）"金芝秀，蒲涧碧，荔枝香。"（徐鹿卿《水调歌头》）"两岸荔枝红。万家烟雨中。"（李师中《菩萨蛮》）"华堂清暑榕阴重，梦里江寒。火齐星繁。兴在冰壶玉井栏。风枝露叶谁新采，欲饱防悭。遗恨空盘。留取香红满地看。"（张元干《采桑子·奉和秦楚材史君荔枝词》）又比如原产波斯，晋代传入广州的素馨花（即茉莉），在宋代被岭南居民普遍种植，广州周边有多个素馨花生产基地。南宋方信孺《南海百咏》中《花田》一首曰："在城西十里三角市。平田弥望，皆素馨花。" 屈大均《广东新语》亦载[3]："素馨乃粤中之清丽物也，庄头人以种素馨为业。"由于素馨花香气浓郁独特，故而在番禺的制香业中大量使用，也是制作化妆品、美容品的优选香料，著名"心字香"，就是"番禺吴家"的产品。

南宋岭南本土词人刘镇《念奴娇》"赋咏茉莉"云：

调冰弄雪，想花神清梦，徘徊南土。一夏天香收不起，付与蕊仙无语。秀入精神，凉生肌骨，销尽人间暑。称轩悉绝，惜花还胜儿女。

长记歌酒阑珊，开时向晚，笑浥金茎露。月浸栏干天似水，谁伴秋娘窗户。困殢带云鬟，醉欹风帽，总是牵情处。返魂何在，玉川风味如许。

---

[1] 嵇含：《南方草木状》，广东科技出版社2009年版，第68页。
[2] 蔡襄：《荔枝谱》，中华书局1985年版，第41页。
[3] 屈大均：《广东新语》，上海古籍出版社2002年版，第637页。

　　此词笔法细腻，写出生于南国的茉莉清香洁白、夏夜开花的特色。结尾更辅之以典故，令人有回味不尽之意。

　　其它如"榕树""桄榔""木瓜""甘蔗""龙眼""香蕉""橄榄"等中原地区罕见，在词中更是绝少出现的岭南风物，也开始较为频繁地出现在南渡后的岭南词中："榕叶桄榔驿枕溪。海风吹断瘴云低。"（张元干《浣溪沙》）"山晓鹧鸪啼，云暗泷州路。榕叶阴浓荔子青，百尺桄榔树。"（朱敦儒《卜算子》）"枕畔木瓜香。晓来清兴长。"（朱敦儒《菩萨蛮》）"九日江亭闲望，蛮树绕，瘴云浮。肠断红蕉花晚、水西流。"（朱敦儒《沙塞子》）"槐阴密，蔗浆寒，荔枝丹。珍重主人怜客意，荐雕盘。"（曾觌《春光好》）"一枝雪里冷光浮。空自许清流。如今憔悴，蛮烟瘴雨，谁肯寻搜。"（黄公度《眼儿媚》）"香露滴芳鲜，并蒂连枝照绮筵。惊走梧桐双睡鹊，腰底黄金作弹圆。"（《南乡子·龙眼未闻有诗词者，戏为赋之》）"十月南闽未有霜。蕉林蔗圃郁相望。压枝橄榄浑如画，透甲香橙半弄黄。"（李洪《鹧鸪天》）"最怜几树木芙蓉。手栽才数尺，别后为谁红。"（刘克庄《临江仙·潮惠道中》）"却爱素馨清鼻观，采伴禅床。"（刘克庄《浪淘沙·素馨》）等等。此外，岭南特有之"瘴云蛮烟""荒烟蛮瘴"等自然现象，由于当时医疗条件落后，容易对人的生命造成严重威胁，也给南渡词人留下极为深刻的印象，频频出现于词作中：

自是清凉国，莫遣瘴烟侵。（张孝祥《水调歌头·桂林集句》）
行尽荒烟蛮瘴，深入维那境界，参透祖师禅。（李光《水调歌头》）
清江瘴海，乘流处处分身。（李光《汉宫春·琼台元夕次太守韵》）
谁知瘴雨蛮烟地，重上襄王玳瑁筵。（向子諲《鹧鸪天》
瘴气如云，暑气如焚，病轻时也十分。（高登《行乡子》）
如今憔悴，蛮烟瘴雨，谁肯寻搜。（黄公度《眼儿媚》）
到干今、天定瘴云开，伊谁力。（陈纪《满江红》）

词人们以词作为书写、记录之具，向读者展现了岭南与中原截然不同的别样风貌，其以独特的异乡风情，为我们提供了不同以往的审美感知和感受，从而实现了唐宋词创作题材的更新，开拓了词的新境界。

## 二、南渡后岭南词坛地域书写的情感意蕴

由于五岭的阻隔，且与中原路途遥远，岭南地区虽在上古时期即为百越居住之所，秦汉时又成为南越、闽越等诸藩国的属地，然而交通闭塞，经济文化落后，被视为蛮荒、瘴病之乡，历来是朝廷贬谪犯官、流放罪人之地。唐代韩愈因谏"迎佛骨"被贬潮州，发出"一封朝奏九重天，夕贬潮阳路八千""知汝远来应有意，好收吾骨瘴江边"的绝望哀叹。有宋以降，各项佑文政策加之太祖"不得杀士大夫及上书言事人"的誓约，士大夫因获罪而遭贬岭南者尤多。如北宋绍圣时期，苏轼、苏辙、孔平仲、秦观等人就因在激烈的党争中受政敌的排挤而被贬岭南，出于对岭南气候、风土的排斥畏惧心理，他们中大多数人笔下的谪居生活往往愁苦难堪，令人避之不及，诸如："山林瘴雾老难堪，归去中原茶亦甘。"（苏辙《闰九月重九与父老小饮四绝其三和子瞻过岭》）"海氛朝自暗，山气昼常昏。虫穴风来毒，蛮溪水出浑。"（孔平仲《偶书》）"岁晚瘴江急，鸟兽鸣声悲。空蒙寒雨零，惨淡阴风吹。"（秦观《自作挽词》）等等，极写岭南的蛮荒凄凉之状。南渡以后，岭南词作中的地域书写则更多地呈现出不同于前的艺术特点。

首先，南渡以后，词人继续借岭南景物发故国之忧思，但多了乐观淡定，少了些焦虑和窘迫。

南北局势逐渐稳定后，以秦桧为代表的主和集团，开始疯狂地排斥异己，对主战大臣打击报复，胡铨、李光、赵鼎、胡寅等直臣谏臣先后被贬岭南。在恶劣的自然环境与严酷政治环境的双重重压下，贬谪词人群忧虑国事

以及对自身"忠而被谤"的沦落之感依然存在。比如"群黎怪我何事，流转古儋州。"（李光《水调歌头》）"天涯万里，海上三年。试倚危楼，将远恨，卷帘看。""举头见日，不见长安。漫凝眸、老泪凄然。"（赵鼎《行香子》）"征鞍南去天涯路。青山无数。更堪月下子规啼，向深山深处。"（赵鼎《贺圣朝》）"囊锥刚要出头来，不道甚时节！欲驾巾车归去，有豺狼当辙！"（胡铨《好事近》）等抒写亡国之痛和贬谪之苦的词句并不少见。又比如，南渡流落岭南的著名词人朱敦儒，面对新奇的异乡风土，他毫无欣赏的意趣，始终无法摆脱自己飘零客居的身份："竹西散策，花阴围坐，可恨来迟几日。披香不觉玉壶空，破酒面、飞红半湿。　　悲歌醉舞，九人而已，总是天涯倦客。东风吹泪故园春，问我辈、何时去得。"（《鹊桥仙·竹西散策花阴围坐》）其厌倦飘零，思归盼归之情溢于言表。即便是旷怀达观的词人，当其在岭南偶遇中原风物，怀旧思乡之情也会被触发。

如李光《渔家傲》：

海外无寒花发早。一枝不忍簪风帽。归插净瓶花转好。维摩老年来却被花枝恼。

忽忆故乡花满道。狂歌痛饮俱年少。桃坞花开如野烧，都醉倒，花深往往眠芳草。

李光在词前做小序，云："为恨。今岁寓昌江，二月三日与客游黎氏园，偶见桃花一枝。羊君荆华折以见赠，恍然如逢故人。归插净瓶中，累日不雕。予既作二小诗，同行皆属和。忽忆吾乡桃花坞之盛，每至花发，乡中人多醵会往游。醉后歌呼，今岂复得，缅怀畴昔，不无感叹，因成长短句，寄商叟、德矩二友。若悟此空花，即不复以存没介怀也。"①由此可见，词人对国家和家乡的"介怀"已深入骨髓，从未远离。

当然，从整体而言，同是天涯沦落人，南渡词人群的生活态度和文学表

---

① 唐圭璋：《全宋词》，中华书局1999年版，第1019页。

现与前代贬谪文人相比较，表现得更为超脱豁达，坦荡乐观。如李光在被贬岭南后，曾作书与胡铨共勉，曰："儋耳，天下至恶之地，吾二人居之，能不以为陋，内有黄卷圣贤，外有青衿士子，或一枰之上，三酌之余，陶然自乐，是非荣辱，了不相干。故十五年之间，虽老而未死，盖有出乎生死之外者。"[1]在此种心态和信念的支持下，南渡后岭南词坛此类苦中作乐的词作不在少数，且往往颇具地域色彩。请读："崖州何有水连空。人在浪花中。月屿一声横竹，云帆万里雄风。"（胡铨《朝中措·黄守座上用六一先生韵》）"青箬笠，绿荷衣。斜风细雨也须归。崖州险似风波海，海里风波有定时。"（胡铨《鹧鸪天·癸酉吉阳用山谷韵》）"山浮海上青螺远，决眦归鸿。闲倚东风。叠叠层云欲荡胸。"（胡铨《采桑子》）"谁念新州人老。几度斜阳芳草。眼雨欲晴时，梅雨故来相恼。休恼。休恼。今岁荔枝能好。"（胡铨《如梦令》）"驭风去，忽吹到，岭边州……老子兴不浅，聊复此淹留。"（张孝祥《六州歌头·桂林中秋作》）等等，南渡初期的谪宦词人群以潇洒超然的心态，既来之则安之，从容地徜徉于岭南雄奇秀美的山光水色之间，展示出从容淡定、超旷豁达的情怀。

其次，南渡以后，随着岭南经济地位的攀升和城市经济的日益繁荣，一些仕宦或寓居于岭南的词人，生活变得更加舒适安逸。因此，他们的文学创作既多在绮罗丛中吟风弄月，词作对于岭南的地域书写也更多表现出及时行乐和惬意享受的特征。

靖康以来，由于南北分治，西北陆路贸易受到重创，东南海路贸易的重要性由此得以彰显。广州作为广南东路的治所，是整个岭南地区的政治、经济、文化中心，城市之繁华不言而喻，官方迎来送往的接待工作也颇为繁忙。"粤俗好歌，凡有吉庆，必唱歌以为欢乐"[4]知州方滋延揽寓居词人洪适、傅雱，以及地方官黄公度等人，将官方宴饮与词学创作，以及表演娱乐活动相结合，对南渡后岭南词坛之应和酬答的唱词风气起到了推波助澜的作用。洪适的《盘洲文集》，其卷七八、七九、八十为乐章，存词共138首，

---

① 李光：《庄简集》，台北商务印书馆《四库全书》本1986年版，第18—19页。

在岭南所作多为庆贺寿辰、侑酒应歌、雅集应社等娱乐社交之词。如《生查子·收灯日次李举之韵》《满江红·席上答叶宪》《减字木兰花·太守移具饯行县偶作》《好事近·为钱处和寿》《临江仙·送罗倅、伟卿权新州》《浣溪沙·饯范子芬行》《满庭芳·辛丑春日作》等等，从题目就可以看出，词人寓居岭南生活之丰富多彩。为配合当地经常举办的乐舞、戏曲等表演活动，洪适还创作联章体词，如歌舞词《渔家傲引》、鼓子词《盘洲曲》、转踏歌舞词《番禺调笑》等等。洪适《盘洲文集》有乐语四十五篇，其中四十三篇就创作于其寓居岭南期间。

如其《番禺调笑》结尾处"破子"两首：

南海。繁华最。城郭山川雄岭外。遗踪嘉话垂千载。
竹帛班班俱在。元戎好古新声改。调笑花前分队。

高会。尊罍对。笑眼苴苴回盼睐。蹁跹低唱眉弯黛。
翔凤惊鸾多态。清风不用一钱买。醉客何妨倒载。

此两首形象再现了当时广州的繁华，以及宴会中高朋满座，觥筹交错，歌舞萦回的盛况。

南渡以后，无论数量方面还是质量方面，以桂林为中心的广西词坛创作，也较之前代有所提升。张孝祥仕宦广西时，曾作《水调歌头·桂林集句》《水调歌头·桂林中秋》等词作，描写桂林"家种黄柑丹荔，户拾明珠翠羽，箫鼓夜沉沉"的美景，和自己在此"莫问骖鸾事，有酒且频斟"之怡然自得的仕宦生活。范成大在广西任职期间，其吟咏桂林风光的《满江红》《破阵子》《鹧鸪天》《水调歌头》等多首词作在当地流传甚广，以至于出现"妓园窈窕，争唱舍人之词"[1]的场面。

此后数十年，又有崔与之、刘镇、李昴英、葛长庚、陈纪等岭南本土词人

---

[1] 孔凡礼：《范成大年谱》，齐鲁书社1985年版，第266页。

相继登场，他们或以词抒发直臣的浩然正气，或以词抒写遗民之恨，或以词赋闲情，或以词论道，内容丰富，风格多样，对后世岭南词学的发展影响巨大。

# 三、岭南词坛地域书写的审美意蕴

靖康之变、宋室南渡是中国历史上一个重大事件，不可避免地，文学创作和词学风气也相应地发生转变。着眼于岭南的地域书写作为南渡后岭南词坛新变的一部分，有着重要的审美意蕴。

首先，岭南地域书写扩大了唐宋词的表现内容，开拓了词体的新境界。

黑格尔说："客观事物的某些特殊情境可以在心灵中唤起一种情调，而这种情调与自然的情调是对应的。人可以体会自然的生命以及自然对灵魂和心情所发出的声音，所以人也可以在自然里感到很亲切。"[1]岭南特殊的地理环境和秀丽奇美的自然风光，以及其独特新异的历史文化和风土人情，南渡后较为频繁地出现在词作中。这在前代词中绝少出现、也是以往词人所疏于关注的，由此，则不但更新和扩大了宋词的意象群，也提供给读者不同于以往的审美新感受。

其次，南渡后岭南词坛的地域书写，因中原词家，尤其是一些著名词人的染指，加之岭南词人群中彼此频繁的酬答往来，使得岭南风光和新奇事物为越来越多的读者所知晓和接受，在为词作提供更多受众的同时，也扩大了岭南地区在中原的影响力。

一方面，宋词中的岭南地域书写，其数量上的不断增加和表现手法的日趋繁复，丰富了宋词的内容和风貌；另一方面，词体固有的特性，又使其在思想内容、表现手法、写作视角等诸多方面呈现出与诗歌书写判然有别的艺术风貌。比如，南渡后岭南词坛进一步强调词体的娱乐、抒情功能，充分发挥歌词应歌、侑觞、佐欢等实用价值，这在当时的广州词人群中表现尤为突

---

① 黑格尔:《美学》,朱光潜译,商务印书馆1981年版,第118页。

出，其大量歌舞词的创作，也为南宋初年联章体歌舞词研究提供了丰富资料；同时，各类用于迎合酬答的寿词、送别词、应社词、各种场合的次韵应和词等，在创作于岭南的各类文人词中也屡见不鲜。而在宋代诗歌中，文人对于岭南生活的地域书写却往往愁苦难堪，令人避之不及，诸如："山林瘴雾老难堪，归去中原茶亦甘。"（苏辙《闰九月重九与父老小饮四绝其三和子瞻过岭》）"海氛朝自暗，山气昼常昏。虫穴风来毒，蛮溪水出浑。"（孔平仲《偶书》）"岁晚瘴江急，鸟兽鸣声悲。空蒙寒雨零，惨淡阴风吹。"（秦观《自作挽词》）等等，极写岭南的蛮荒凄凉之状，这就与词形成了巨大的反差。因此，宋词的岭南地域书写，无论对于词体自身的发展，还是对于宋代南渡士人文化心理考察，以及对宋代历史的记录，都是值得重视的另一种文学书写形态。

最后，南渡以后，词体的文人化倾向愈发显著，岭南词坛的地域书写，也在一定程度上体现了南渡词人群对岭南文化的接受方式和方法。

一方面，他们从岭南自然山水永恒而又和谐的律动中体悟到生命的真谛，获得天人合一的愉悦感，以及对人生命运的豁然达观和理性反思；另一方面，国家的残破，金瓯的缺失，以及对个人往昔美好生活的怀念，又使得他们无法真正融入当地的文化和生活，因此，浅层次的欣赏享受之余，终难掩词人内心对于中原的眷恋和漂泊天涯的心灵伤痕。

随着宋南渡后词人群地域分布的重组，原有词坛空白进一步被填补，此后数十年，又有崔与之、刘镇、李昴英、葛长庚、陈纪等岭南本土词人相继登场，他们或以词抒发直臣的浩然正气，或以词抒写遗民之恨，或以词赋闲情，或以词论道，内容丰富，风格多样，对后世岭南词学的发展影响巨大；再此后，蜀、闽、岭南等地词坛的逐渐繁荣，南渡词学新格局慢慢形成，中国文学生态和文化生态也同时实现和完成了由北而南的重心转移。

# 东莞遗民词人赵必琈生平考论

　　赵必琈为宋宗室，于其父赵崇㳂一代举家迁至广东东莞。必琈自幼聪慧，与父同榜中举，其为人为政，颇得朝野士庶称赏。南宋末年，赵必琈积极投身文天祥的抗元队伍，兵败后归隐东莞温塘村，并形成以其为首的东莞遗民诗人群，诗社作品多以梅花为题材，抒写隐逸情怀和爱国情志。必琈通诗书工词赋，有《覆瓯集》传世。

赵必瓛,《宋史》无传。有元陈纪《赵公必瓛行状》存世,乃受赵必瓛子良麟所托而撰写:"良麟泣曰:'先君之窆,宰木拱矣,而平生行事未有状之者,此不肖孤之罪也。先生知先君为悉,且雅相敬爱,敢以是请。'"①陈纪是赵必瓛的同乡好友,也是宋亡后以赵必瓛为首的东莞遗民诗人群的重要成员,故《行状》对赵必瓛生平的记载较为详实可信。

# 一、赵必瓛家世考

《行状》曰:"公讳必瓛,字玉渊,濮安懿王(赵允让,死后追封濮王,谥安懿)之世也。王四世孙少保不罶观察福建,因家于闽,是为公高祖;少保生善践,咸宁郡王,赠少师;季曰善企,武节大夫、南宗正司检察,主管台州崇道观,是为曾祖;检察生汝枱,广东盐干;盐干生崇油,修职郎、南安军司户参军;司户生公。初,司户侍盐干公官于广,至东莞,家焉。"明陈琏《赵秋晓先生墓表》曰:"公讳必瓛,字玉渊,号秋晓。姓赵氏,系出宋濮安懿王。高祖不罶,以少保观察福建。曾祖善企,武節大夫、南宗正司检察,主管台州崇道观。祖汝枱,广东盐干。父崇油,修职郎、南安军司户参军。司户侍盐干于广,遂家东莞之栅口……公诗文清逸,乐府风流动荡,得秦晏体,皆已板行,盖乾坤清气钟为是人。号曰秋晓,以况其清,宜也。"北宋仁宗无子,太宗曾孙允让第十三子赵宗实入继大统,改名赵曙,为英宗。允让后人汝枱,于南宋理宗淳祐年间因任官离闽赴粤,以官为家,乃宋宗室赵氏入莞之始。

---

① 赵必瓛:《覆瓯集》,影印四库全书第1187册,第310页。后相关引文均出于此书(第310–313页)。

# 二、赵必璩生平考

赵必璩生性颖悟，读书辄通，咸淳元年（1265）弱冠与父同试南宫，父子联名登高科。元陈大震、吕桂孙所撰《南海志》卷第九："赵崇诪，咸淳元年，第五甲，阮登炳榜。赵必璩，咸淳元年，第五甲，阮登炳榜。必璩，崇诪之子。"陈纪《赵公必璩行状》："比南来，年甫志学，人见其眉宇俊秀，言论机警，不问而知其为王孙公子也。性颖悟，读书辄通解，工词赋。咸淳乙丑，侍司户同试南宫，父子联名登高科，时公年才弱冠也，乡党族属以为荣。"明陈琏《赵秋晓先生墓表》："咸淳乙丑，公侍司户同试南宫，父子俱擢高第，人以为荣。"此后不久，赵崇诪以"父子窃禄，是取赢于造物也"为由归隐，"乃结屋邑之栅口居焉，插柳艺兰，角巾逍遥，同俗谐世，日狎渔翁钓叟，目送风帆鸥鸟，以自乐。"

咸淳元年（1265），必璩初任肇庆府高要县簿尉，檄摄四会令，再仕文林郎、南安军南康县丞，治理有方，卓有能声，百姓德之，为立祠。后因父病，辞官归隐。陈纪《赵公必璩行状》："公初筮授从政郎，任肇庆府高要县（今广东肇庆市高要区）簿尉，有能声，太守才之，檄摄四会县（今属广东）令。邑有二民忿争，其一自残以诬之，被诬者亦自残，互诉于官。前令发摘细微，延祸一乡。公至曰：'彼二民皆轻生，岂可滋蔓良民，以长狠俗乎？'斥二家各收瘗之。乡民德之，立祠以祝公寿。再仕文林郎、南安军南康县（今江西赣州市南康区）丞，时司户公老且病，公乃弃官归侍，隐居读书教子。"明陈琏《赵秋晓先生墓表》："公释褐授从事郎，肇庆府高要县簿尉，卓有能声，太守檄摄四会令。邑有二人忿争，各自残，互诉于官。前令毛举细微根株相连，摇动一乡。公至曰：'彼皆轻生，岂可波及良善，以长狠俗乎？'斥二家各收瘗。乡人德之，为建祠，祝其寿。后，升秩文林郎、南安军南康县丞，寻弃官归养。"可见，赵必璩仅做过几任地方官，后因父病，弃官归侍，隐居读书教子。

赵必瑑妻陆氏、王氏，皆先卒。有四子二女。陈纪《赵公必瑑行状》："肇庆陆氏、增城王氏皆先公卒，子良麟、良骥、良骏、良豹皆贤而才，以世其家。女适邑士张宝大、陈师善。"明陈琏《赵秋晓先生墓表》："娶肇庆陆氏、增城王氏，皆先公卒。四子：良麟、良骥、良骏、良豹。二女，张宝大、陈师善皆其婿也。"长子良麟娶张登辰之女为妻，二女一嫁于陈师善，一嫁于张宝大。其二子、三子颇有乃父之风。清陈伯陶《宋东莞遗民录》中《赵处士传》记其二子良骥："生而凝重，好读书，不屑屑于章句之末，惟求大义所存。必瑑尝器重之曰：'此子能读父书。'"三子良骏，字驹仲，号北坡，《宋东莞遗民录·北坡赵公行状》："公天性孝友，赋质醇和……生值厓门之变，痛悼独深。终身誓不仕，惟以诗书自娱……高歌长啸，以寓黍离之悲。尤仗义轻财，乐周人急，虽罄家储弗计也。"[1]

关于赵必瑑的生卒年，陈纪《赵公必瑑行状》记载较为详实："公生于淳祐乙巳，……至元甲午冬，忽得痞疾，起居言笑无异平日，但日觉恇羸。友朋问疾，必衣冠对坐，每曰：'吾此疾决不起，自此诀矣。'至属纩不乱，盖十二月初七日也。"赵必瑑诗《生朝觞客即席用韵九月十七》，可见"九月十七"为其生辰。综上可知，赵必瑑生于宋理宗淳祐五年（1245）九月十七，卒于元世祖至元三十一年（1294）十二月初七，享年五十岁。

# 三、赵必瑑的抗元斗争

元兵入侵，必瑑力劝熊飞勤王抗元。文天祥开府惠州，辟摄惠州军事判官。入元，隐居温塘村。陈纪《赵公必瑑行状》："丙子（1276年）夏，邑人熊飞以勤王兵溃归附，奉吕元帅命，自循下兵，招安东广，为宋兵所遏。

---

① 陈伯陶：《东莞遗民录》，《丛书集成续编》，台湾新文丰出版公司1988年版，第499–500页。

黄世雄、梁雄飞亦以招安命自梅岭下东广。熊甫至邑，而黄、梁二使已入城矣。熊与黄、梁交怨，黄梁遣将姚文虎领兵攻飞，飞击之，歼焉。飞欲大治舟师以攻黄、梁。时公闲居，念欲为宗国一吐气，因以语中飞曰：'师出无名，是为盗也。吾闻宋王舟在海上，将遣赵潽、方兴制置安抚东广，不若建宋号，通二使，尊宋主，然后举兵入城。事成则可雄一方，不成亦足以垂不朽。'飞深然之，遂择日返正，署宋旗，改衣冠，举兵向城，而黄、梁亦遁去。遂迎赵、方二使入广，宋王舟驻浅湾，一二年间宋之为祥兴者，公与有力焉。呜呼！士君子建功立事，要其终未必尽如人意，而器识之伟，意气之雄，固出于余子万万矣！……文丞相开督府于惠，公伏谒辕门，丞相伟公之义，辟公以朝散郎，金书惠州军事判官兼知录事。丞相弟璧为行朝总领，亦屯于惠，尤敬爱公，每事取决焉。代更世易，凄其黍离铜驼之怀，无复仕进意矣。以故官例授将仕郎、象州儒学教授，而公山林之意已坚，遂隐居于邑之温塘村，惟以诗酒自娱，仰俯林壑，欣然会心，朋侪二三，更倡迭和，歌笑竟日，将以遗世事而阅余龄。"明陈琏《赵秋晓先生墓表》："岁丙子（1276年），邑人熊飞以勤王溃归附，奉主帅命自循、惠下招辑东广，而梁雄飞亦以招安兵自大庾下，先入城。飞与梁构兵，弗解。公时闲居，因语飞曰：'闻王师驻海上，欲遣赵潽、方兴制置安抚东广，莫若用宋号，通二使，尊宋主，然后举兵入城。事成则可，不成亦足垂不朽。'飞深然之，即日署宋旗号，举兵向城，梁远遁，遂迎赵方二使入广。……时丞相文天祥开督府于惠州，辟为朝散郎，金书惠州军事判官兼知录事。丞相弟文璧为行朝总领，亦屯惠州，尤敬爱公，每事必咨焉。更代，无复仕进意，虽以故官例授将仕郎、象州儒学教授，竟不赴。退隐邑之温塘。"

赵必璵为人才识俊迈，多慷慨仗大义，乐周人之急，所历郡邑著循良声。陈纪《赵公必璵行状》："逮飞欲尽括邑人财谷，以充军费，人情汹汹。公请于飞，愿以家赀三千缗，米五百石赡军，乞优邑人之力。飞从之，就委公董其事。公乃第物力之高下而均其输，乡井赖以不扰……公待人无边幅，处朋友有义气，义苟当为，勇往不顾，祸之及、财之殚不计也。知官之不可以久居也，故隐居以求志；富不可以独专也，故行义以及人；名誉不可以太彰也，故浮沉以从俗。其好饮也，非取其昏酣，盖以消世虑；其吟诗也，非欲留连光景，盖以畅幽怀。其凭陵大叫也，非故玩愒光阴，盖以纾其卓厉不平之气。公家初以富名，逮公闲居熹士，好宾客，日击鲜为具，无厌怠意。珍馐丰膳，饫及童仆，江湖之旧识周之，乡间之义举倡之。公老而家赀亦落矣……邑有疵政，公必力诋之，以护桑梓。邑大夫举国以听，登门亲蘸水之规者踵相接，亦其公心直，道足以信之云耳。"明陈琏《赵秋晓先生墓表》："（熊飞）复欲尽括乡邑资财以充军费，人情汹汹。公请于飞，愿以家赀三千缗、米五百石赡军，乞宽邑人之力。飞从之，就以公主其事。公为第物力高下而均其输，乡邑赖以不扰。……邑大夫政有未逮，尝诣门虚已咨访，公为陈利害，洞中肯綮，多所裨益，人受其惠……公容止甚都，才器俊迈。家虽赢于资，好交名胜士及喜周人之急，所历郡邑有循良风。"

# 四、与赵必瓛交游唱和的东莞遗民诗人群

赵必瓛隐居于东莞温塘村后，"惟以诗酒自娱，仰俯林壑，欣然会心朋侪二三，更倡迭和，歌笑竟日，将以遗世事而阅余龄"（陈纪《赵公必瓛行状》），形成了以他为中心的东莞遗民诗人群。

关于东莞遗民诗人群身份的认定，今人欧阳光先生的《宋元诗社研究丛稿》认为："必瓛卒后，友人共二十六人写有祭文和挽诗……撰祭文和挽诗的二十六人，当即为必瓛同社之友人。"[①]鉴于赵必瓛宋宗室身份，以及其做地方官时和隐居东莞后的广泛影响，仅以撰写祭文和挽诗作为界定与其交游唱和之东莞遗民诗人群的依据，恐未为妥当。方勇先生在其著作《南宋遗民诗人群体研究》将其命名为"以赵必瓛为首的东莞群"，并对成员有较为明确的认定。方勇先生认为，东莞遗民诗人群成员除了《东莞宋八遗民录序》

---

① 欧阳光：《宋元诗社研究丛稿》，广东高等教育出版社1996年版，第289—290页。

中所提到的赵必璸、李春叟、翟龛、赵东山、何文季、陈庚、陈纪、邵绩等八人之外，还有《宋东莞遗民录》中刘宗、张登辰、黎献、赵时清、蔡郁、文应麟、梅时举等七人，共十五人。①

我们以史料为据进行考察，关于以赵必璸为中心的东莞遗民诗人群的记载，最早应为明代袁昌祚的《东莞宋八遗民录》（《宣统东莞县志》卷八十五），但其正文已佚，只存明刘磐石《东莞宋八遗民录序》，曰："宋亡，赵必璸遂隐于温塘村（今东莞）……自庚、纪兄弟而下，一时与必璸唱酬，如李春叟、翟龛皆附焉，又益以赵东山、何文季、邵绩……安能一一网罗之也耶？"列出了赵必璸、陈庚、陈纪、李春叟、翟龛、赵东山、何文季、邵绩等八位成员，但正如作者所说"安能一一网罗之也耶"，从现存史料记载以及诗人群相互应和之作等相关材料来看，仅仅这八位是不全面的。

《丛书集成续编》二五三册录清陈伯陶《宋东莞遗民录》，自序曰："余阅邑志，知邑先达明袁莞沙（昌祚）尝仿程篁墩例，采秋晓及所与往还李春叟与陈庚、陈纪、翟龛辈，又益以赵东山、何文季、邵绩三人，择其事行，缀以遗文，为《东莞宋人遗民录》。录已佚，惟邑儒刘磐石鸿渐序尚载志中……今《覆瓿集》已出，余暇辑志乘，考他书，凡当时遗佚，得二十余人，而所谓邵绩者，遍搜之不可得。"

《宋东莞遗民录》中，辑录十六位宋末元初隐居于东莞，以赵必璸为核心彼此应和酬答的文人传记并诗作，为：赵必璸、赵东山、赵时清、李用、李春叟、陈益新、陈庚、翟龛、何文季、刘宗、黎献、张衡、方幼学、李佳、姚凤、文应麟。另附张元吉、张登辰、赵北山、李得朋、陈纪、刘玉、黎子可、张孺子、方恭己、蔡郁等十人小传或作品，共计二十六人。除去与方勇先生所列重叠的十三人（《宋东莞遗民录》中邵绩、梅时举未有传），其余十三人为：李用、陈益新、张衡、方幼学、李佳、姚凤、张元吉、赵北山、李得朋、刘玉、黎子可、张孺子、方恭己。其中，李用、张衡（迓衡）、方幼学、李佳、李得朋（梅边）、刘玉、张孺子、黎子可等人《宋东莞遗民

---

① 方勇：《南宋遗民诗人群体研究》，人民出版社2000年版，第98-101页。

录》中录其诗作，且与其他成员互动，亦当认定为诗人群中人；陈益新、姚凤、张元吉、方恭己等人《宋东莞遗民录》中仅录其小传，并无诗文，且未见有与其他成员互动的记载，故不可归入东莞遗民诗人群。

此外，陈纪《秋晓先生赵公行状》："（赵必琭）晚岁所交，如梅水村、陈匦峰、赵竹涧、李梅南、张恕斋、小山诸人，年长则以父事之，年相若则以兄事之，皆得其欢心。"其中，除上文已列入东莞遗民诗社成员的梅时举（号水村）、张登辰（号恕斋）、张衡（号小山），陈匦峰、李梅南与赵必琭之间的应和酬答不在少数，也应算作成员，而赵竹涧既未见其诗作，也未见与其他成员有互动，故暂不收录。

综上，以有作品存世，以及与其他诗人有互动为标准，当时与赵必琭交游唱和的东莞遗民诗人群成员为：赵必琭、李春叟、翟龛、赵东山、何文季、陈庚、陈纪、邵绩、刘宗、张登辰、黎献、赵时清、蔡郁、文应麟、梅时举、李用、张衡（迓衡）、方幼学、李佳、李得朋（梅边）、刘玉、张孺子、黎子可、陈匦峰、李梅南，共计二十五人。

赵必琭著有《覆瓿集》六卷，为诗二卷，长短句一卷，杂文二卷，附录一卷。陈纪《赵公必琭行状》："有《覆瓿集》六卷，永嘉林资山、资中郭颐堂为序引。"《四库全书总目提要》卷一百六十五集部十八《覆瓿集》六卷（编修汪如藻家藏本）谓："盖亦赵文、王炎午之流，其节概殊不可及。诗文篇帙无多，在宋末诸家中未为颖脱，然体格清劲，不屑为靡靡之音。如'一雨鸣蛙乱深夜，数声啼鸟怨斜阳'诸句，未尝不翛然拔俗也。"

（原载于《宁夏师范学院学报》2020年第3期）

# 附　录

# 论民国时期女性词选的特点和意义

　　强调创作主体女性身份，并以此为标准来选编的女性词选，是民国时期选坛上不容忽视的一大亮色。民国时期出现的众多女性词选，无论在中国词学文献整理与词学研究方面，还是在中国女性文学研究、中国女性文化研究，以及中国女性心灵发展史研究方面，都有其重要意义。

民国时期是中国社会发生剧烈动荡和变革的时期，受时代思潮影响，词选的编撰也与时俱进，呈现出诸如新旧词选杂糅、选心和选型多样化等鲜明的时代特征。其中，强调创作主体女性身份，并以此为标准来选编的女性词选，是民国时期选坛上不容忽视的一大亮色。本篇就在考索民国时期女性词选的基础上，对其特点与意义进行详论，以期既有益于民国词史和女性词史的构建，也有利于词选学、词选史的研究。

# 一、民国女性词选考索

女性词选虽最早产生于清代，但其时选本并不繁盛，仅归淑芬等所辑《古今名媛百花诗余》、徐树敏等所辑《众香词》、徐乃昌辑《小檀栾室闺秀词钞》、周铭辑《林下词选》等数种，真正大量出现且形成气候则是在民国时期。民国时期的女性词选主要包括两大类：一为民国时期所编选评注并出版发行的、创作主体为女性的词作选本；二为民国时期所翻刻刊印发行的、前代出版的女性词作选本。据本人搜辑访查所得凡十八种，兹列于下：《女子绝妙好词选》（周铭编，上海中华图书馆石印本，1915年版）、《闺秀百家词选》（吴灏选，上海扫叶山房石印本，1915年版）、《历代名媛词选》（吴灏编，上海吴氏木石居石印本，1916年版）、《销魂词选》（范烟桥选评，上海中央书店，1925年版）、《历代闺秀词集释》（徐珂编，上海商务印书馆，1926年版）、《历代女子白话词选》（张友鹤编，上海文明书局，1926年版）、《五百家名媛词选》（吴灏选，上海扫叶山房石印本，1927年版）、《女性词选》（胡云翼编，上海亚细亚书局，1928年版）、《女作家词选（女作家小丛书第1辑）》（孙佩蓝选，广益书局，1932年版）、《中国历代女子词选》（李白英选，上海光华书局，1932年版）、《近代女子词录》（龙榆生主编《词学季刊》中所设的栏目）、《现代女子词录》（龙榆生主编《词学季刊》中所设的栏目）、《注释历代女子词选》（李辉群编，中华书局编印，1935年版）、《中国历代女子词选（欣赏丛书）》（云屏选著，上海大光书局，1935年版）、《中国女词人》（曾乃敦著，上海女子书店，1935年版）、《安徽名媛诗词征略》（刘淑玲编，1936年排印本）、《绛云楼历代女子词选》（[清]柳如是编，上海大通图书社，1936年版）、《众香词》（[清]徐树敏、钱岳编选，民国大东书局影印康熙29年刊本）。

以上所列为笔者目力所及的民国时期女性词选本。其中，民国时期编选成书者凡16种，翻刻影印清代女性词选者凡2种。由于各种限制，在上述已考索的民国时期女性词选目录中，还存在须辨别其实情者，民国时期的女性词选本亦不止本人现已考索的十数种，容以后再搜求。

## 二、民国女性词选的特点

由以上考索而知，民国时期的女性词选已达近二十种，对历代女性词人群体以及女性词作的特别关注，作为民国词坛及选坛的特殊现象，值得我们进一步探究。总体看来，民国时期的女性词选与同期其他类别词选既表现出一定程度上的趋同性与共性特征，又显示出了其独特性和异化色彩。

萧鹏先生在其著作《群体的选择——唐宋选词与词选通论》中曾指出："选词目的不同，编撰体制各异，故词选有不同之类型。"①同样，民国时期女性词选由于外在表征、目的与功能、编撰体制等方面的差异，也出现了各种"不同之类型"。

其一，从外部特征而言，民国时期女性词选因形体、撰述语言、所选对象等标准不一，呈现为各类"选型"。

按形体来分，民国时期女性词选中既多"通代"型选本，如周铭《女子绝妙好词选》、吴灏《历代名媛词选》、徐珂《历代闺秀词集释》、李白英《中国历代女子词选》等皆属此类，亦不乏"断代"型选本，如龙榆生主编

① 萧鹏：《群体的选择——唐宋选词与词选通论》，台湾文津出版社1992年版，第4页。

的《词学季刊》，其中所设《近代女子词录》《现代女子词录》栏目均为此型，范烟桥的《销魂词选》也以明清女子词为多。就总体情况来看，"通代"型选本占绝大多数，远胜于"断代"型选本。造成这种特点的主要原因，与民国时期"重源轻流""贵古陋今"的惯性，以及当时流行的"时代文学"之观念密切相关。王国维《宋元戏曲史·自序》云："夫一代有一代之文学：楚之骚，汉之赋，六代之骈语，唐之诗，宋之词，元之曲，皆所谓一代文学，而后世莫能继焉者也。"这也是民国时期绝大多数学者文人对词体历史定位的共识。如"新文化运动"领袖胡适在其《词选·序》中就明确指出："三百年的清词，终他熬不出模仿宋词的境地。所以那个时代可说是词的鬼影的时代，潮流一去，不可复返，这不过是一点之回波，一点之浪花飞沫而已。"在胡适等新文学家看来，清词乃至民国词皆属"模仿"文学、"鬼魂"文学，"就词发展之高度而言，至两宋已登峰造极，两宋以后，再也没有这样一个黄金时代了"①。因此，民国时期女性词选与其他类别词选一样，呈现出显著的"重古轻今"倾向，也就不足为怪了。

从语言来看，受新旧更迭的时代背景影响，民国时期女性词选之撰述评说的语言也新旧并存，分为"文言"型与"白话"型两种。一般而言，"文言"型选本，基本上是由民国时期传统文人编选出版的女性词选，或者是民国时期翻刻的清代出版的女性词选。由于民国时期兴起的"白话文"运动带来了新气象，加之编选女性词选的作者多为拥护新文学运动的新式学者和文人，用浅显易懂的白话来作序、说明、注解词选的现象在民国时期女性词选中就显得尤为突出。如孙佩苣的《女作家词选》，无论集前自序，还是选本中的词人小记，皆以明白浅近的白话出之。而范烟桥选评《销魂词选》，不仅选"白话"词，其序言和撰述的语言也大都是"白话"。如其评沈宜修《玉蝴蝶·思张倩表妹》"默坐还相忆，珠泪和香滴。月色到窗纱，寻思暗抵牙"句，曰："'暗抵牙'是何等的情景？只有女子自己去体想，最够味。"又如其评钱念生《钗头凤·寄怀》曰："求签问卦，是旧时女子的别离生活，

---

① 胡云翼：《故事词选》，中华书局有限公司1935年版，第225页。

明知无据无准，还是要求，还是要问。"评述皆简洁明了，甚或表现出"口语"化的特征。其他像胡云翼的《女性词选》、李辉群的《注释历代女子词选》、李白英的《中国历代女子词选》等亦属"白话"型词选，而张友鹤的《历代白话女子词选》则径以"白话"命名。随着"白话文"运动和新文化运动在中国社会的进一步开展和深入，用浅显易懂的"白话"注解词选的现象逐渐成为趋势与惯常。

从所选对象来看，民国时期女性词选本已将遴选范围限定为女性，属"性别"型词选，而在其十余种选本中，又出现了以作家归属地为界定标准的"地域"型词选，如刘淑玲所编《安徽名媛诗词征略》。当然，由于男权社会妇女独立性和话语权的丧失，以及由此而造成的女性文学作品的一向寥落，民国时期女性词选的分类还嫌粗疏，基本没有跳脱传统词选的框架而有所创新。

其二，从编辑词选的目的与功能来看，民国时期女性词选属"研究"型、"翻刻"型、"读物"型为多，而"门径"型、"开宗"型选本则阙如。

属"研究"型者，如周铭《女子绝妙好词选》、吴灏《历代名媛词选》和《闺秀百家词选》、徐珂《历代闺秀词集释》、范烟桥《销魂词选》等。这些词选的编选者大抵以研究者的身份对历代女性词进行整理、分析和品评，其初衷往往是为了分门别类地整理女性词人词作的相关文献、以及通过对作家作品的评析阐述其词学观念，而编选女性词只是其词学研究中的分支之一。此外，民国时期的"翻刻"型女性词选，主要有传为清柳如是所编《绛云楼历代女子词选》（上海大通图书社1936年出版），以及徐树敏、钱岳等人所编《众香词》（民国大东书局影印康熙29年刊本）二种。此类"翻刻"型选本，多以保存文献或用于研究为主要目的，在广义上亦当属"研究"型词选。"读物型"女性词选，于此期尤多，如孙佩茝《女作家词选》、龙榆生主编《词学季刊》中所设的"近代女子词录"和"现代女子词录"、胡云翼《女性词选》、云屏《中国历代女子词选》、李辉群《注释历代女子词选》等。其中，孙佩茝《女作家词选》为"女作家小丛书"第1辑中的一种，是辑录中国女子文学作品的系列读物；云屏《中国历代女子词选》为"欣赏丛书"中的一种，属文学鉴赏类读物；而李辉群《注释历代女子词选》，乃是为初中学生提供的系列文学读物之一，编选者在序言中即指明："本书的对象，是初中的学生，那些典故过多和文字堆砌的长词，初中学生是不容易领会的。我所选的是那些文字浅近情绪丰富的作品，是初中学生能够领会的作品，凡是不合这两个条件的，我都只好割爱了。"将作品编选的目的性和倾向性表述得非常明白。此类"读物"型女性词选作为当时文学普及类读物的重要组成部分，与同期其他类别词选相较，既有沿袭，又有新意，如龙榆生主编《词学季刊》中所独立设置的"近代女子词录"和"现代女子词录"，以新视角宣扬新时期女性的才华，这与新文化运动的蓬勃发展以及国民教育的逐步普及密切相关。

其三，民国时期女性词选本的编排方式和撰述方式与同期其他类型词选基本一致，但并不全面，相对比较浅陋和单一。

总体而言，民国时期女性词选本的编排方式以"以词人系词"型为主，辅以"以题材系词"型。"以词人系词"型如吴灏《闺秀百家词选》和《五百家名媛词选》、徐珂《历代闺秀词集释》、孙佩苣《女作家词选》、李辉群《注释历代女子词选》、李白英《中国历代女子词选》等皆属此类，选词年代及每位词人入选作品的数量因编选者的偏好、词学观念、读者群等差异而各有不同。由于受"时代文学"观念影响颇深，且民国时期女性词选以"研究型"和"读物型"选本居多，故整体上仍然呈现出重古轻今、多唐宋少明清、名家名作重复率高而小家寥落的趋势。以题材系词"型，如范烟桥《销魂词选》，将以明清为主的历代女性词编选为"怀人、咏物、感时、别绪、哀悼、投赠、题咏、闺怨、艳情、无题"等十类。民国时期重新刻印清人徐树敏、钱岳等人编撰的《众香词》，由于其为官修本，在体例编纂上相当严格，分礼、乐、射、御、书、数六集，又按女词人的身份地位加以收录。此外，因撰述方式差异也形成了不同选型，民国时期女性词选以较为简单的"选抄型"选本为主，如孙佩苣《女作家词选》、胡云翼《女性词选》、李辉群《注释历代女子词选》、李白英《中国历代女子词选》等等，占选本总数的大半；另有少数"评点型"选本，如范烟桥《销魂词选》；还有个别"集评型"选本，如徐珂所《历代闺秀词选集评》，而更为复杂的"笺注型"和"析论型"等选型则阙如。

通过以上分析可见，相对于民国选坛选心丰富、选型多样、选源广泛的繁盛局面，女性词选作为其"茫茫九派流中国"的一个支流，尚显单薄和简陋。即便如此，此类以"闺秀"视角张扬女子才华，通过整理女性作家作品发掘女性文学独特艺术魅力的选本，依然体现出民国时期新文学观念影响下的新特质和新气象。比如，民国时期女子词选中虽然以"通代"型为主，在一定程度上表现出厚古薄今的倾向，但一些选家已开始将选录重心逐渐下移，像胡云翼编《女性词选》、云屏辑《中国历代女子词选》、李辉群辑《历代女子词选》等，都有意在词选中加大了明清乃至民国时期女词人作品的分量，表现出较强的搜存整理近代词的意识；又比如，除传统意义上的选本外，民国时期还出现了刊物化词选，龙榆生所主编的《词学季刊》，就设置了"近代女子词录"和"现代女子词录"栏目，且连续多期连载。不仅如此，民国时期还出现了女性词人、学者编选的女性词选，如孙佩苣《女作家词选》、李辉群《历代女子词选》等等，她们以创作者、评论者、读者等多重身份，从女性视角选录历代女性词，这就从不同角度扩大了词学研究的女性视角，是词学史上值得关注的现象。

# 三、民国女性词选的意义

民国时期大量涌现的女性词选，无论在中国词学文献整理与词学研究方面，还是在中国女性文学研究、中国女性文化研究，以及中国女性心灵发展史研究方面，都有其重要意义。

首先，民国女性词选在为中国词学文献整理提供资料的同时，也在一定程度上揭示了女性词的发展轨迹，为我们把握中国女性词史的演进提供了方便。

一方面，民国女性词选中不但保存了不少女性词人的生平、里籍、逸闻轶事等史料，还保存了相当数量前人论词、评词的论述，具有一定文献价值。

如吴灏《闺秀百家词选》，其中不仅收录历代女词人单行本词集，凡见于各朝诗词总集、附录、诗话、词话等处闺秀词也着意搜罗，而与词作相关的各类本事则甄别后悉附于词后，所录较翔实，文献价值颇高。又如徐珂《历代闺秀词选集评》中就保存了况周颐、谭献等人论清代女子词作的评语；孙佩苕《女作家词选》、胡云翼《女性词选》，皆附女词人籍贯、生平、遗闻韵事及相关的本事；李白英《中国历代女子词选》，出版者沈思按姓氏笔画多寡排序，将本书所选女词人的简介附录于卷尾，以期"读者倘能按图索骥，因此而对于本书所选各词人能明了其所生之时代，从而推测其所处之环境，以为研究其作品之资助。"值得一提的是，由于民国与清接踵，民国女性词选中有关清代及民国女性词人词作的史料与文献价值尤为值得重视。

另一方面，民国女性词选为我们把握中国女性词的发展历史与演进轨迹提供了方便。

大部分民国女性词选之序言多阐述词体的起源流变、格调特质、功能效用，以及选词的目的宗旨等内容，其间对中国历代女性词的发展变迁也多有述及。如孙佩苕在其《女作家词选》的序言中，即有"女词作家"一节，从古乐府传为女子所作的"子夜歌""懊侬歌"，到隋代侯夫人的《一点春》，唐代柳氏的《杨柳枝》，再到宋代星光璀璨的诸名家，以及明清众多女词人逐一述及，简直就是一部微型的中国女性词发展简史。与此同时，民国女性词选还大都涵括词人生平轶事、作品思想内容和艺术水平等一般意义上之"词史"所应述及的内容，实际上也就是采用了词选的方式，以作品为主的"另类"词史。如范烟桥的《销魂词选》，其选词以明清女性词为主，不仅各篇词作后附有颇为精到的词评，且于所分"怀人、咏物、感时、别绪、哀悼、投赠、题咏、闺怨、艳情、无题"等十类词前各加总评。像其第八类"闺怨"评曰："绣闼生活，何等寂寞！春秋的递换，冷暖的更易，都成了闺人惆怅的资料。我们翻开女子的诗集词集，总可以看到几首把写闺怨的作品，虽是无病呻吟的居多，但蕴藏着深刻哀怨也是有的。伊们不题上一个具体的题目，只题些'春闺''闺怨''闺情'一类笼统的字，正是伊们无聊情绪的表现……那不可抑制的情想在种种推想中露出来，觉得以前不解放的金闺中，不知道闷死了多少青春热望的少女。"[①]这些总评为我们从整体上把握各类女性词的特点提供借鉴和帮助，其与书中大量的词评点面结合，形成一部"以选代史"的明清女子词史。

其次，民国女性词选从现代人文视角强调女性作者的性别特征，并有意将女性书写作为独立领域来研究考查，这不但是对中国传统女性文学的彰显和总结，也在一定程度上为中国现当代女性文学"导夫先路"，其在中国女性文学史上之承前启后的价值和意义不容忽视。

虽然早在上古时期，传说中的涂山氏女娇即以一句哀婉缠绵的"候人兮猗"开启了女性文学创作的先河，而此后的中国文学史上，女性作者也始终不乏"巾帼不让须眉"的经典传世之作。但作为中国传统社会的弱势群体，以女性为言说主体、思维主体和创作主体的文学作品却始终处于被贬损、被忽视和被边缘化的地位。事实证明，不同性别的作者，其对于外部世界和内心情感的体验、感知和审美存在着相当大的差异，而只有以女性身份和视角去感受、思考和书写，女性文学才有可能保持其独特风格而独立于男性话语之外。胡云翼在《女性词选》序言中说："婉约而温柔的文学，总得女性自己来作才能更像样。可不是，无论文人怎样肆力去体会女子的心情，总不如妇女自己所了解的真切；无论文人怎样描写闺怨的传神，总不如女性自己表现自己的能够恰称。所以我们一谈到妇女文学时，便使我们文学欣赏的趣味，立刻换一个起劲的方向。因为中国文学是倾向婉约温柔方面的发展——婉约文学号为文学正宗，豪放则目为别派——而婉约温柔的文学又以最适宜

---

① 范烟桥：《销魂词选》，上海中央书店1925年版，第36页。

于女性的着笔；所以我们说：妇女文学实在是正宗文学的核心。这句话不见得大错吧。"①与男性文学相比，中国传统女性文学总体上呈现为温婉含蓄、小巧轻倩的特征，词以"婉约"为正宗，而"婉约温柔的文学又以最适宜于女性的着笔"，故而女性词选尤能凸显传统文学的特征，堪称中国女性文学史上最为华美和"本色"的一笔。在此基础上，胡云翼又进而指出女性词纯粹的艺术性："她们的作词，完全是基于为艺术的动机。她们一方面为名不出外的礼教观念所束缚，不求名；她们又没有升官发财的希冀，不求利，所以她们的作品，能够超于为名为利而创作的动机以外，完全为作词而作词……一切一切文坛的瘴气，都为她们纯正艺术的动机一扫而空。"尤为值得一提的是，民国女性词选在选录前代女词人名家名作之外，又收录大量民国女性词作，其在承袭传统女性文学特点的同时，更多表现出求新求异一面。正如舒芜所指出的那样："现代女词人的笔，已经不是只能蘸着香脂腻粉，写一些空虚平庸的少女伤春，而是蘸着风雨尘沙，把无边的烟柳斜阳、故国山川，一起写进浩荡春愁里去。"②由于受独立自由平等之时代风气的影响，加之社会背景及个体生活与传统女性相比有了翻天覆地的变化，民国女性词一反前代词作之风花雪月、春愁秋怨的主调，不仅内容风格多样化，且表现出崇尚新思想新文化，标榜独立自主人格的现代女性意识，这也与现当代女性文学宣扬的主旨不谋而合。

再次，由于词体特有的婉曲幽约之特质与女性文学的特质最为契合，基于女性视角、女性主体意识来揭示女性情感命运的女性词，无疑也成为研究中国女性心灵与女性文化的最佳突破口之一。

范烟桥《销魂词选》序云："在男子为中心的社会里，男子所作的词，男子的词里所发泄的热情，是虚伪的，是粉饰的，是勉强的。深刻地说一句，多少总含有一点侮辱性的。我们要寻觅真的热情，非到富有情感的女子的词里去找不可！女子在男子中心的社会里，处处受男子的操控，压迫，欺

---

① 胡云翼编：《女性词选》，上海亚细亚书局1928年版，第42页。
② 舒芜：《舒芜文学评论选》，安徽教育出版社1994年版，第632-633页。

骗，藐视。伊们有的是屈服，有的是抵抗，无论是屈服，或者是抵抗，都应有一种对于性的发泄。经过多愁善感的陶冶，自然一字一句都是以回肠荡气了，所以我所选的女子词题名'销魂'……我敢说所选的，至少是作者最有真性情寄托的作品，至少可以看出一时代的女子思想，情绪，生活的一斑……这部书，是中国近六百年女子的呼声。"可以说，一本女性词选，也是一部中国女性的心灵史和文化史，虽然显得有些狭窄和单薄。有趣的是，大部分民国女性词选在宣传女性词的同时，往往将男性词作为参照物，通过对比和批判"男子而作闺音"的现象来提升女性词的地位。比如孙佩茞在《女作家词选》序言中以李煜词"绣床斜凭娇无那，烂嚼红茸，笑向檀郎唾"一句为例，认为李词所写"全在男子领会不到女子的真性情、真态度，把男子片面的心思，来描写女子"，并将其与李清照"含笑问檀郎：花强？妾貌强？"句相比较，批驳男性词创作的"伪"态。由于女子作词乃"我手写我心"，所以无论"在表现自己的情绪，或是安慰自己的痛苦，绝不是无病呻吟，扭捏作态"，"尽管冲口而出，不加雕琢，也总要比着男子们所做的容易动人。"

综上所论，民国女性词选本的研究，作为民国词研究的组成部分，既是民国词学史研究中不可或缺的一环，也是民国词选学研究和词选史构建的重要内容，同时，还是中国女性文学史上承前启后的重要环节。因此，我们必须采取古今联系、交叉对比与系统全面的研究方式，以开放发展态度对其进行更深一步的研究。唯有如此，才会对中国词史以及女性文学史有所裨益，有利于近代词坛风貌的"复原"与中国女性书写的进一步发展。

（原载于《贵州社会科学》2017年第3期）

# 晚清至民国时期广东女性词的发展及新变

　　广东女性词作为粤词的重要组成部分，一方面，其发展趋势与粤词的整体走势相一致，呈现出清中叶以前寥落而近代兴盛的局面，另一方面，女性书写作为独立领域，又因其特殊性而分立于男性话语之外。对于晚清民国时期广东女性词的发展和新变等问题的考索和探究，无论在近代词史研究和岭南词研究方面，还是在中国女性文学和文化研究，以及中国女性心灵发展史研究方面，都有其重要意义。

由于广东所属岭南地区僻远闭塞，唐五代、宋元时期文献散佚，女性词作迄今未见有流传者。最早见于载籍的广东女性词人是明末岭南名妓张乔。张乔，字乔靖，号二乔，人称小乔或乔仙，其生平诸事略见于明末抗清名士黎遂球所作的《歌者张丽人墓志铭》："乔生于万历四十三年（1615）三月十六日，其母吴娟，入粤生乔，居番禺。乔卒于崇祯六年（1633）七月廿五日，年十九。"①张乔死后，在彭孟阳等广东名士的努力下，其《莲香集》得以传世。《莲香集》收录诗作百余首，附诗馀。《粤东词钞》收词四阕，《众香词·书集》收词三阕。此外，又有番禺人梁善娘，梁真祐之女，生卒年不详。有词四阕见《众香词·御集》，《全明词》及《全清词·顺康卷》所收均据《众香词》，应为明末清初人。清初及中期，广东女性词创作甚为寥落，鲜有传世者。直至晚清民国时期，广东女性词始蓬勃发展，蔚为大观。

# 一、晚清至民国时期广东女性词概述

据不完全统计，晚清至民国时期，广东出现了如下三十四位女词人：

麦英桂，柯愈春编著《清人诗文集总目提要》断其生年为1761—1765年之间。号醉醒道人，自号醉醒老人，香山（今广东省中山市）人。据《榄溪麦氏族谱》载，其为增贡生麦德沛第五女，何启图室。有《芸香阁诗草》一卷，道光二年（1822）留香堂刊行，《历代妇女著作考》著录。

麦又桂，柯愈春编著《清人诗文集总目提要》断其生年为1766—1770年之间。字芳兰，香山（今广东省中山市）人。据《榄溪麦氏族谱》载，其为增贡生德沛第七女，麦英桂妹，同里何怀向室。诗词音调清朗，音节和平，虽处困极，绝无哀痛之声。有《谢庭诗草》一卷，集前有何其英序，道光二年（1822）留香堂刊行，《历代妇女著作考》著录。

吴尚熹（1808？—1859？），别字禄卿，又字小荷，南海（今广东省佛山

---

① 张乔：《莲香集》，乾隆三十年（1765）刻本卷一，第22页。

市南海区）人。其父吴荣光（1773—1843），嘉庆四年（1799）进士，由编修官擢御史，道光中任湖南巡抚兼湖广总督。尚熹擅书法绘画，兼善诗词，成年后嫁画家叶梦龙之子叶应祺，夫妇唱和，闺房翰墨，称一时韵事。她画的菊花扇面、《水仙卷》及《群仙拱寿卷》今藏于广州美术馆，有《写韵楼词》一卷。

张秀端，字兰士，番禺（今广东省广州市）人。其父张维屏（1780—1859），嘉庆九年（1804）举人，道光二年（1822）进士，后隐居"听松园"，闭户著述。秀端嫁士子钱君彦。她擅画花卉，其兄群鉴以素绢索画，为绘墨梅帐檐，并题金缕曲一阕，为世称道。工诗词，有《香雪巢词钞》。《粤东词钞》收词十五阕。

潘丽娴，别字励闲，又字素兰，番禺（今广东省广州市）人。潘恕（1810—1865）女，施华封室，潘飞声姑母。善诗词，有《饮冰词稿》。《粤东词钞二编》收词五阕。

居庆，字玉徵，番禺（今广东省广州市）人。居巢（1811—1865）长女，嫁于中立，于晦若（1865—1915）之母。工花卉，仿恽寿平。能诗，有《宜春阁吟草》附词。《粤东词钞二编》收一阕。《清词综补续编》卷十五收另一阕。

居文，字瑞徵，番禺（今广东省广州市）人。居巢次女。《清词综补续编》卷十五收词一阕。

范荑香（1805？—1889？）原名蕾淑，字茹香，又字荑卿，大埔（今广东省梅州市）人。范引颐之女，同邑邓耿光室。十二岁即能赋诗填词。嫁夫四岁而寡，守节终身。晚遁空门，年八十余始卒。其诗缠绵悱恻，凄婉哀伤；扣人心弦，不忍卒读。有《化碧集》，梅州管又新民国五年（1916）刊行。范荑香为近代岭东三大女诗人之一，与黎玉贞、叶璧华齐名。

黎玉贞，女，清朝梅州人，字宁淑。著有《柏香楼》文集一卷，诗集二卷。其父是乾隆举人，她小的时候就受到良好教育，有家学渊源，博通经史，诗文高洁，书法亦秀劲，无闺阁气。遗憾的是婚后不到一年，她的丈夫就死去。她从此避不见人。著有《柏香楼》文集一卷，诗集二卷，可惜都已经散佚。

叶璧华（1841？—1915），字婉仙，号润生，嘉应州（今广东省梅州市）人。嫁清末翰林李载熙之子李舫蓉。幼承家学，博览群书，以才学受聘为张之洞家庭教师。戊戌变法失败后创办懿德女校，竭力推行新学，为粤东地区兴办女校开了先河。有《古香阁词集》一卷，附于《古香阁全集》。

梁霭，生于清光绪年间，卒于宣统年间，时年仅26岁。字佩琼，号飞素，南海（今广东省佛山市南海区）人，潘飞声室。其书斋号为飞素阁，故作品名为《飞素阁集》。《闺秀词续》收词一阕。

张宝云，柯愈春编著《清人诗文集总目提要》置其生年于1846—1850年之间。字缦如，香山人。张兆鼎女，何隶桥室。有《梅雪轩全集》四卷，分诗词、试帖、论说等类，藏广东省中山图书馆。

伦鸾（？—1927后），字灵飞，番禺（今广东省广州市）人。师事名士邓尔雅，先后任桂林女学教习、北大词学教授。有《玉函词》，今不存。况周颐《玉栖述雅》收词五阕及断句若干。

康同璧（1889—1969），字文佩，号华鬘。南海（今广东省佛山市南海区）人。康有为之女，宝安罗昌室。美国哥伦比亚大学毕业。擅诗词、书画。康同璧作为中国最早女权领袖之一，是中国第一个官派出席世界妇女大会的妇女代表，在国内女界有非常大的影响力。有《华鬘诗》《华鬘词》，今全本已佚，仅存诗词三十余篇。

梁思顺（1893—1966），字令娴。新会（今广东省江门市）人，毕业于日本女子师范学校。梁启超长女，外交官周希哲夫人，曾师事麦孟华。工诗词，有《艺蘅馆词选》五卷。

冼玉清（1895—1965），以字行，南海（今广东省佛山市南海区）人。在历史文献考据、乡邦掌故溯源、诗词书画创作、金石丛帖鉴藏等方面功昭学林，为岭南文化研究献出毕生精力。有《词集》一卷、《张萱研究》二卷、《广东艺文志解题》。

张转换（1911—1972），原名宜，字纫诗，南海（今广东省佛山市南海区）人。纫诗少年受业于叶士洪及翰林桂坫，以诗古文辞见称，有《文象庐诗集》《仪端馆词》《张纫诗诗词文集》等。

王德徽，南澳（今广东省汕头市）人。揭阳陈毅斋室。工诗词，有《彤规素言》。（《潮州志·艺文志》）

文信，俗名刘芳，广东人。某方伯侧室之女，道光间祝发广州檀度庵。工诗词、书画。广州艺术博物院藏有她的《山水册》（《海珠旁瑑、艺林月刊》）。

尹莲仙，清东莞人。何师臣室。工诗词，有《瑶亭集》。（《东莞诗录》卷六十四）

张八、袁九，粤妓。年代不详。《峭蛄杂记》所载张八、袁九各一阕为陈廷焯录入《别调集》，亦见陈廷焯《白雨斋词话》卷五。

徐叶英，南海（今广东省佛山市南海区）人。工诗词。有《徐叶英诗集》。

刘嘉慎，一字敏思，又字佩规，番禺（今广东省广州市）人。况周颐弟子。有词一阕见《词学季刊》第二卷第二号《近代女子词录》，另有四阕见《词学季刊》第二卷第三号《近代女子词录》。

翟兆复，惠阳（今广东省惠州市）人。有词二阕见《词学季刊》第三卷第一号《近代女子词录》。

黄庆云，番禺（今广东省广州市）人。有词一阕见《词学季刊》第三卷第一号《近代女子词录》。

程倩薇，生卒年不详，广东人。有词一阕见《词学季刊》第三卷第一号《近代女子词录》。

杨晶华，字明洲，生卒年不详，广东人。北京文科学生。有词二阕见《词综补遗》卷五十。

王翔，字蕴文，广东人。有词一阕见《闺秀词钞》。

汪彦斌，番禺（今广东省广州市）人。汪兆铨之女。有词一阕载古直辑

《诗词专刊》卷六，另有二阕见《同声月刊》第一卷第四号。

王兰馨（1907—1992），号景逸，番禺（今广东省广州市）人。父官至广东巡抚。北京师范大学毕业后终身从事教育工作，曾任教于西南联大、南开大学、清华大学、云南大学，有诗词集《将离集》《晚晴集》，以及著作《景逸词论》等。

黄倩芬（1907— ），中山（今广东省中山市）人。香港海声词社成员，香港汉文师范学校毕业，曾任嘉谟学校校长。有《淡明楼诗词稿》。

刘佩蕙，（1923— ），佛山（今广东省佛山市）人。香港海声词社成员，其《兰馆词草》存词百余篇。

潘思敏（1920— ），南海（今广东省佛山市南海区）人。今门人代集《茹香楼存稿》，存词百三十首。

总的来说，清代以前的广东女性词家传世者不多，存词也较少。晚清民国时期，广东女性词始盛，并在岭南文学史上逐渐占有重要地位。其以女性视角传达不同的思想情感，反映了当时的社会状况和历史面貌，在承袭传统女性词的优势之外，又呈现出与前代不同的、令人耳目一新的发展及新变，对后世的岭南词坛影响较大。

# 二、晚清至民国时期广东女性词的发展及新变

## （一）创作主体的发展及新变

与前代广东女性词人的数量和分布格局相对照，我们可以清楚地发现，晚清民国时期，广东女性词坛已经开始呈现出兴盛的势头。就创作主体而言，其发展和新变主要表现在以下三个方面：

其一，词人数量显著增长。

晚清民国时期，广东女性词人据不完全统计已达到34位之多，是唐宋

以来近千年时间里产生的女词人数量总和的几十倍，从彼时的寥若晨星，到此时的群星璀璨，在数量上呈现出不可遏制的蓬勃发展态势。

其二，创作主体身份趋向于多样化。

纵观历代女性词人，身份无外乎后妃、闺秀、方外人士、歌妓这几大类。时至新旧更迭的晚清民国时期，随着新思想、新事物和新生活方式的不断涌现，女性词人的身份也趋向于多样化，总体上表现出传统与现代并存的特征。

就上文所辑34位广东女词人的生平来看，生于十八、十九世纪者占三分之一强。这些女词人通常出身于诗书世家，是官宦人家的闺秀或者士人伴侣，大抵还囿于传统的闺阁身份。属于此类者如麦英桂、麦又桂姐妹，她们分别为香山增贡生麦德沛第五女和第七女，皆嫁同里士人为妻（见《榄溪麦氏族谱》）；吴尚熹，其父吴荣光道光中任湖南巡抚兼湖广总督，成年后嫁画家叶梦龙之子叶应祺；张秀端，其父张维屏道光二年（1822）进士，秀端嫁士子钱君彦；潘丽娴，士人潘恕女，施华封室，潘飞声姑母；居庆、居文，分别为画家居巢之长女、次女；黎玉贞，其父为乾隆举人，夫死后避世，等等。亦有歌妓和遁入空门者，如张八、袁九，粤妓，有词录入陈廷焯《别调集》；又如范荑香，大埔士人范引颐之女，同邑邓耿光室，嫁夫四岁而寡，守节终身，晚遁空门；文信，俗名刘芳，道光间祝发广州檀度庵，工诗词、书画，等等。她们大部分生活于晚清，无论所受教育、生活方式、思想情感、个体认知等都还难以跳脱传统窠臼，因此，与历代传统女词人并无明显的差异。

此外，上文所辑还有近三分之二的广东女词人属于由清而入民国者，她们中的相当一部分人走出闺阁，突破传统女词人闺秀、方外、歌妓等身份，成为接受新式教育的女学生、甚至留洋学生，进而成长为女教授、女教育家、女政治家等，较为明显地呈现出由传统女性向职业女性过渡的身份特征。比如杨晶华，北京文科学生；叶璧华，以才学受聘为张之洞家庭教师，后创办懿德女校，竭力推行新学，开粤东地区兴办女校之先河；伦鸾，师事名士邓尔雅，先后任桂林女学教习、北大词学教授；康同璧，康有为之女，毕业于美国哥伦比亚大学，是中国最早女权领袖之一，也是中国第一个官派出席世界妇女大会的妇女代表；梁令娴，梁启超长女，毕业于日本女子师范学校；冼玉清，在历史文献考据、乡邦掌故溯源、诗词书画创作、金石丛帖鉴藏等方面功昭学林，为岭南文化研究献出毕生精力；王兰馨，北京师范大学毕业后终身从事教育工作，曾任教于西南联大、南开大学、清华大学、云南大学，等等。受新时代民主大潮的影响，加之对职业化的追求与探索，以及社交平等和自由的实现，使得女词人具有了与男性平等受教育和走进广阔社会的机会，女性意识逐渐觉醒，词学创作的面貌也因之焕然一新。

其三，创作主体的词学渊源与词学活动也与前代有着本质的不同。

传统女词人学词大抵不外乎两种途径：家学渊源和名师指点。这两种方式在晚清民国的广东女词人中依然存在。比如麦英桂、麦又桂姐妹，居庆、居文姐妹，吴尚熹、张秀端、潘丽娴、黎玉贞、张宝云等人，皆出于书香世家，大多因家庭熏陶而喜好填词；又如伦鸾曾师事名士邓尔雅，刘嘉慎乃况周颐女弟子，张转换少年受业于叶士洪及翰林桂玷，梁思顺曾师事麦孟华，等等。

然而，受"新思想"和西学的影响，民国时期更有一大批女词人在新式学堂接受教育，学成以后，一部分人又在新式学堂以教授传统文化、传统文学为职业，这不仅让女性词人的学词方式更加开放和多元化，也为其在词学领域继续深造和持续钻研提供了更多机会，使得一些女词人在从事词学创作的同时，又参与词学研究，并将其作为终身事业。比如王兰馨，北京师范大学毕业后终身从事教育工作，有诗词集《将离集》《晚晴集》，以及学术著作《景逸词论》等。

值得一提的是，随着女性自我意识的不断觉醒，民国女词人的立言意识也逐渐增强。她们不再满足于自娱自乐式的闺阁吟诵，而是热衷于公开发表词作以展示才学，或参与词社等互动性较强的团体，彼此切磋，应和酬答。比如，刘嘉慎、翟兆复、黄庆云、程倩薇等人，皆有词作发表于龙榆生主编的《词学季刊》中"近（现）代女子词录"；汪彦斌，有词二阕发表于《同声月刊》第一卷第四号；杨晶华，有词二阕见《词综补遗》卷五十；王翔，有词一阕见《闺秀词钞》，等等。各种刊物和词选对女性词作的公开发表和选录，极大地提升了她们创作的热情。同时，近世也有一些广东女词人，如黄倩芬、刘佩蕙等，寓居或游学香港，成为香港海声词社成员。

## （二）创作内容的新变

不可否认，晚清至民国时期的广东女性词作，其闺情、咏物、节令等自娱娱人的内容仍然是主流，描写内心苦闷愁怨，抒发自怜自艾之情也依旧是女性词最普遍的表达。然而面临国事动荡和时代巨变，加之大批女性走出闺房进入社会，其身份、地位和学识较之传统女性有了质的转变，随之而来的，女性词作的内容也不可避免地发生了质变性的突破。主要表现在以下三个方面：

首先，民国时期，新思潮带给广东女词人群最大的改变即是对狭隘生存环境和单调生活体验的突破。反映到创作上，女性词作不再拘囿于闺阁而转为书写新生活、新见闻、新体验，这就大幅度拓展了词作的表现范围，使其能够牢笼万象、吟咏百端。如康有为次女康同璧，戊戌变法失败以后，康有为流亡海外，病卧印度槟榔屿。时年十九岁的康同璧"凌数千里之莽涛瘴雾"[1]。只身寻父，随父游历十余国。她的外邦纪游之作，设色鲜明，波澜壮阔，为广东女性词的题材辟开了新境。

如其《鹧鸪天·咏士多啤岛景物》：

海气凉生夏亦秋，汐烟吹绿水悠悠。万山灯灿繁星列，千岛桥衔接水流。

停画舫，驻琼楼，如云士女载歌游。欢呼漫舞嬉潮月，夜夜随人上钓舟。

---

① 梁启超：《饮冰室诗话》，人民文学出版社1959年版，第3页。

奇丽多彩的外邦风物、载歌漫舞的异域士女，在读者眼前徐徐展开一幅印度士多噉岛的旖旎风情画卷。

又如《南歌子·大吉岭秋晚试马》：

马跃天风上，崖横雪岭前。风峦层叠翠环偏。金碧山川灿晓，艳阳天。
宿雾收云脚，朝云浴涧边。望迷一片绿竿绵。须趁秋深茶熟，踏花田。

其序曰："大吉岭沿山皆为茶田，当晓日方升，极目葱笼，香风送爽，驰骋其间，令人神怡。"全词色彩明艳，境界开阔，可想见其纵马驰骋于异域山水间的心旷神怡和飒爽英姿。

由此可见，社会的动荡，个人身世的离乱漂泊，使得女词人一方面自觉或不自觉地继续将日常生活艺术化，以及将栖居之地诗意化，另一方面，由于女性传统身份的新变，社会地位的提升，生活阅历的丰富和知识技能的增加，其所能取材的内容既日渐丰富，洞察力也愈加深邃。

其次，在晚清民国遍地狼烟的时代背景之下，亲历时世危难与家国衰亡，广东女词人群体忧时忧世情怀日益深重。传统女性词中最常见的顾影自怜的"忧生"主题，在一部分襟怀朗彻的女词人笔下，转而为对国家民族苦难的真切悲悯与无限忧思。

还以康同璧为例，其《念奴娇·题步月写怀图》：

斐尼汗漫，看琼楼、不是寻常宫阙。别有天风吹缥缈，寐泽星坡莹澈。上见飞龙，纷衔电闪，照眼惊明灭。珠光凝处，碧空香雾如织。
遥听凤啸莺吟，悠扬疑是、曲按霓裳拍。回首人间知甚世，锦样山河分裂。金粉凋残，神州长望，妖氛漫漫结。谁挽银河，可能为浣腥血。

以朗朗硬语、耿耿英气，表现对锦样山河破碎的悲愤，以及期盼中华民族崛起，表达虽女子犹有可为的壮烈情怀。

又比如广东近代教育改革家、妇女教育先驱冼玉清，其作于抗战时期的《高阳台》词，更是真实地再现了烽火连天的背景下，故园满目疮痍，百姓流离失所的凄凉和怅惘。其词如下：

锦水魂飞，巴山泪冷，断魂愁绕珍丛。海角逢春，鹧鸪啼碎羁愫。故园花事凭谁主，怕尘香、都逐东风。望中原，一发依稀，烟雨冥濛。

万方多难登临苦，览沧江危涕，洒向长空。阅尽芳菲，幽情难诉归鸿。青山忍道非吾土，也凄然、一片啼红。更销凝，度劫文章，徒悔雕虫。

词序曰："羊城沦陷，客香江，杜宇声中，一山如锦。因写《海天踯躅图》以志羁旅，宁作寻常丹粉看耶？"女词人以真实切肤之痛，以沧桑之语与衰残之景，书写国家危亡之感与流人幽恨之思，忠爱悲慨之情郁勃而出，其襟怀恢廓确非"寻常丹粉"能堪比拟。

当然，这种充满时代感和使命感的"壮词"，往往是时代、世道、词人个性等多方因素综合作用的结果，在晚清民国时期的广东女性词中并不多见。然而，尽管这种慨时忧世的激越刚健之音是个别的、间歇的，并未形成群唱，但这异响已足以引人侧目，成为当时广东女性词作中的最高调和最强音。

最后，晚清民国时期，受到女性解放与男女平等思潮的影响，许多广东女词人自觉突破性别的圈囿局限，有意跳脱出前代一脉相承的"思妇""怨妇"之苦闷渊薮，以蹈扬性情、雄姿英发的女主人姿态示人，词中的"自我形象"大为改观。

传统曲子词中"男子而作闺音"①的代言模式，大抵无外乎乞怜依附于男性的奴妾或曲意逢迎的歌妓身份；而晚清民国时期，广东女词人的作品中则出现了与男性平分秋色、独立自信的现代女性形象。

---

① 田同之：《西圃词说》，唐圭璋编《词话丛编》，中华书局2005年版，第1449页。

如冼玉清的《水调歌头·和夏瞿禅兼简张仲浦》：

何必曾相识，谈笑小楼中。携来海上风雨，江浙最浑雄。独许花间格调，一洗花间脂粉，高唱大江东。开拓词场眼，回首马群空。

菊坡祠，南雪宅，怅游踪。待留后约，未应滞雨怨天公。相对焚香读画，袖去苍松翠竹，归路慑蛟龙。莫惜匆匆别，云外又飞鸿。

夏瞿禅老为近百年词界尊宿，一代词学宗师。冼氏不惟刻画其风神，字里行间还流露出彼此意气相投的高风雅契。

此外，广东女词人笔下还出现了诸如"啼破霜天，摇鞭古道西""独抱征鞍，霜痕认马蹄"（叶璧华《梅花引·旅行》）的旅者形象，"城上蛮花台榭，心中宝剑江山。将军未老解征鞍，残照一声长叹"（张纫诗《西江月》）的失意英雄形象，"直北是神州""叹十载、不成归计"（潘思敏《小重山·倚栏》）的爱国思乡者形象，等等。

由于处在时代变革，文化转型的重要节点，晚清民国时期的广东女性词在许多方面都表现出了与前代既同且异的特征。虽然无论从创作主体和创作内容而言，其发展和新变在一定程度上都是纤微的或局部的，但仅此也可见这一时期广东女性词较之于前代的开拓和创新。

# 三、广东女性词发展新变的价值和意义

近代广东女性词的发展和新变，不仅在岭南地区词学发展中起到承前启后的重要作用，也是中国近代女性文学的重要组成部分，其价值和意义主要表现在以下几个方面：

首先，晚清民国时期的广东女性词是中国女性词史不可或缺的组成部分，也是中国近代女性文学研究中的重要环节，其在提供丰富词学文献资料的同时，也在一定程度上揭示了中国近代女性词的发展趋势。

如上所述，晚清民国时期广东女性词的发展与新变，一方面缘于当时男女平等和女性解放思潮的推动，使其能够对千年来已成定式的闺阁文学中有所突破；另一方面，动荡的时局，危颓的国势，也为广东女性词作打上了鲜明的时代烙印。这一时期的词作既是千百年来传统女性词的"收官"和总结，也为中国现当代女性词"导夫先路"，是新旧文学交替时期女性运用词体、革新词体的产物，其词史意义、文学史意义不容忽视。

值得一提的是，广东女性词人不仅参与了中国近代词史的书写，而且一些人较早地公开发表自己的词学观念，比如梁启超长女梁令娴，曾仿周济《宋四家词选》体例编《艺衡馆词选》，录历代名家词作计六百七十六首。其自序云：

> 顾词之为道，自唐讫今千余年，在本国文学界中，几于以附庸蔚为大国。作家无虑数千家，专集固不可得悉读，选本则自《花间词》《乐府雅词》《阳春白雪》《绝妙好词》《草堂诗余》等皆断代取材，未由尽正变之轨。近世朱竹垞氏网络百氏，为《词综》王德甫氏继之，可谓极兹事之伟观，然苦于浩瀚，使学子有望洋之叹。若张皋文氏之《词选》周止庵氏之《宋四家词选》精粹盖前无古人。然引绳批根，或病太严，主奴之见，惊所不免。①

对历代词集编选之得失予以评骘，对曲子词的发展变迁也有所述及，展现出了较为精严的选词宗旨和选词理念。这表明，晚清民国时期一部分广东女词人已经具有较为明确的词学观点和创作主张，并在创作中以此为导向，为推动近代女性词朝着多元化和深刻化方向发展打下理论基础。

其次，从地域观照维度而言，广东女性词是岭南文化的一个板块，也是岭南词史的重要支流，其发展及新变既有女性词的共性特征，也具有因地域相近、声气相通而一脉相承的、独特的岭南文化色彩。

---

① 梁令娴：《艺衡馆词选》，广东人民出版社1981年版，第2页。

晚清民国以来，随着广州等沿海城市对外开放和经济日渐繁荣，岭南文化的影响不断扩大，粤词创作也一改往日颓势，呈现出作家人数攀升、作品数量激增、佳作层出等良好发展态势。相当一部分粤词通过展示粤地自然风物和人文精神等内容，异军突起，在一定程度上改变了岭南词被边缘化的尴尬境地。同时期的广东女性词也不遑多让，其在词境、词艺、词风等方面的发展及新变为粤词的不断丰富和发扬光大做出贡献。

不仅如此，晚清民国时期广东女性词虽然看似零散，不成体系，既没有出现诸如沈祖棻、陈小翠、周炼霞、丁宁这样的"民国四大女词人"，也没有形成如"南社""兰社""梅社""寿香社"等有众多女词人参与的著名词社，然而，在粤词的发展过程中，却起到了承上启下的重要作用。1949年以后，出自著名词人、词论家朱庸斋分春馆门墙的女弟子，如沈厚韶、梁雪芸、苏些雩等人，继续活跃于广东词坛，为现当代女性词传灯续火、开枝散叶，成为粤词发展中一道亮丽的风景。

综上所论，广东女性词作为粤词的重要组成部分，一方面，其发展趋势与粤词的整体走势相一致，呈现出清中叶以前寥落而近代兴盛的局面；另一方面，女性书写作为独立领域，又因其特殊性而分立于男性话语之外。对于晚清民国时期广东女性词的发展和新变等问题的考索和探究，无论在近代词史研究和岭南词研究方面，还是在中国女性文学和文化研究，以及中国女性心灵发展史研究方面，都有其重要意义。